合欢树下

丁立梅 著

万卷出版有限责任公司
VOLUMES PUBLISHING COMPANY

图书在版编目（CIP）数据

合欢树下 / 丁立梅著. -- 沈阳：万卷出版有限责任公司，
2021.5（2025.7重印）

ISBN 978-7-5470-5627-1

Ⅰ.①合… Ⅱ.①丁… Ⅲ.①散文集—中国—当代
Ⅳ.①I267

中国版本图书馆CIP数据核字（2021）第043704号

出 品 人：王维良
出版发行：万卷出版有限责任公司
　　　　　（地址：沈阳市和平区十一纬路29号　邮编：110003）
印 刷 者：辽宁新华印务有限公司
经 销 者：全国新华书店
幅面尺寸：145 mm × 210 mm
字　　数：240千字
印　　张：9
出版时间：2021年5月第1版
印刷时间：2025年7月第11次印刷
责任编辑：胡　利
责任校对：刘　璠
封面设计：仙　境
版式设计：马婧莎
ISBN 978-7-5470-5627-1
定　　价：38.00元
联系电话：024-23284090
传　　真：024-23284448

目 录

第一辑 合欢树下

第二辑　一河树色，几声蛙鸣

第三辑　小扇轻摇的时光

第四辑　清平乐

第五辑　每一粒时光，都含着香的

第六辑　慢慢走，慢慢爱

第一辑
合欢树下

毛刷子一般粉粉的合欢花，掉落下来。老人捡起，迷醉地闻闻，也让狗闻闻。一人一狗，成了合欢树下生动的风景。

合欢树下

　　孑然一身的老人，买下老小区一楼的一套房。只一室一厅，虽简陋，但门口长着棵高大的合欢树。六月的合欢已抽出粉红的花丝，老人看着挺喜欢的。

　　小区门口有家早餐店，一个中年女人在打理，品种单调，只有面条和包子。老人不挑食，在他，有面条和包子吃就很好了。他从家里出发，绕过合欢树，走上半里路，就到早餐店门口了。客不多，他挑个靠窗的位置坐着，慢悠悠品尝一碗面条。不像闹市区那么拥挤啊，老人喃喃说。这是老人第一次来小店吃早饭。女人朝他看了看，淡淡道，这里冷清，生意不好做。

　　一条狗突然窜进来，被女人追着打。女人边追边骂，惹瘟，你怎么又来了？

　　狗仓皇逃窜出去。女人冲老人抱怨，人不来，这狗倒是天天来，烦死了。

　　老人搁下筷子，叹息一声，它是饿着了。站起来，问女人买了两个肉包子揣着，出门。狗正蹲在离小店十来米远的地方，朝小店望着。老人走近一步，它害怕地后退一步，两只眼睛水汪汪

3

的，如稚童一般，盯着老人看。

老人举起手里的包子朝它轻声道，别怕，这是给你吃的。狗似乎听懂了，迟疑地不再躲闪。那天，狗吃了老人的肉包子，也黏上老人了。老人回家，它一路跟着，怎么赶也不肯走。最后老人无奈地笑了，要不，你就跟着我吧。因狗有四只雪白的爪子，老人便给它取名小白。小白，老人唤一声。狗开心地冲老人蹦跳，把尾巴摇得像朵盛开的花。

狗就这么有了一个家。老人常常带它坐在门口的合欢树下，跟它说些从前的事。从前，老人也有过峥嵘岁月，现在人老了，往事都成故事了。狗安静地听着，不时摇摇尾巴，以做回应。毛刷子一般粉粉的合欢花，掉落下来。老人捡起，迷醉地闻闻，也让狗闻闻。一人一狗，成了合欢树下生动的风景。

老人也时常领着狗到早餐店吃早饭，坐在窗口固定的那个位置上，给自己点碗面条，给狗买两个肉包子。女人打趣狗，小白，你是交了狗运了，遇到这么好的老爷子，你掉进福缸里了。狗同意地摇摇尾巴，感激地在老人的裤管上蹭蹭它的头。

老人突然得病，撒手走了。狗不懂死亡，它天天坐在合欢树下等着老人，不吃不喝，任谁叫也不理。女人来了，饿得奄奄一息的狗，眸子霍地亮了起来。小白，跟我走吧，女人唤它。狗听话地跟女人走了。到了早餐店里，女人先下了一碗面，搁在往常老人坐的那个位置上。老爷子，再吃口我家的面吧，女人招呼。狗盯着那碗面看，眼睛蒙上一层水雾。女人又给狗取了两个肉包子，小白，你也吃吧，是你家老爷子让你吃的哦。

狗低头呜咽一声，掉了眼泪，吃下两个肉包子。它冲女人摇摇尾巴，又跑回合欢树下去了。

这之后，狗每天早晨都会到女人的店里来，女人像招呼人一样地招呼它，小白，你来啦。给它取两个肉包子，看着它吃下去。它吃完，冲女人摇摇尾巴后，一溜烟地跑回去，风雨无阻。女人的早餐店渐渐生意兴隆，常常客满为患。

祖母和猫

猫是黑色的，全黑，身上找不到一根杂毛。

黑猫到我们家来时，已是只成年猫。那些年，乡下老鼠多，闹灾荒似的，成群结队着，到处打家劫舍。村人们想尽办法来对付，下鼠药是最常使的办法。老鼠却聪明得很，上过一两次当后，变得狡猾起来，绕着药走。村人们跟老鼠斗智，把鼠药拌在金贵的面粉里，做成饼子，再用油煎，煎得香喷喷油汪汪的。老鼠哪想到这是陷阱呢，前赴后继跳进去。

那时候，土地清瘦，吃食紧张。油汪汪的大饼，对老鼠是诱惑，对孩子们和猫狗来说，也是诱惑。常有孩子因误食拌了鼠药的饼子而中毒，所幸都发现及时，没酿成悲剧。猫狗就没那么幸运了，一旦误食，等待它们的，只有死路一条。我们常在村口发现中毒而亡的猫狗的尸体，僵硬着，身上落着一些草叶，无数只蚂蚁，在上面来回穿梭，忙碌得不行。

这只黑猫也中毒了，它不甘心就此死去，跑到祖母跟前求救。祖母用肥皂水灌它，居然把它给救了。从此，它死心塌地跟着祖母，须臾不离。

祖母下河洗菜。河里的小鱼围着石墩跳跃，跳得祖母眼睛都花了。祖母叨叨，中午能做个咸菜炖小鱼就好了。当时，黑猫守在一旁，祖母的话，它都听在耳里。祖母上岸后不久，黑猫竟叼了一条小鱼，颠颠地跑回厨房，献宝样地献给祖母。打这以后，它捉鱼成瘾，每日必逮几条上来，人都称奇。

祖母下地割草，黑猫小尾巴似的跟了去。祖母割草，它便在一边的草丛里捉小虫子玩。那日，祖母割着割着，突然哎呀一声叫起来，惊惶失措。原来，祖母割到一条毒蛇。毒蛇本来是在草丛里打着盹儿的，被惊扰了，一下子愠怒地竖起身子，冲着祖母就扑过来。这时，比毒蛇更快的是黑猫，它龙卷风一般地卷向毒蛇，与毒蛇展开决斗。最后，毒蛇受伤逃走，黑猫大获全胜。

黑猫勇斗毒蛇的事迹，经祖母绘声绘色描述，很快风传开来，越传越神。后来演绎出许多版本，把黑猫说成神猫。我们村的人出了村子，别村的人跟我们村的人聊天，聊着聊着，便聊到这个话题。听说你们村出了只神猫。别村的人问，一脸的崇敬和好奇。我们村的人不置可否地笑，不说话，越发使黑猫变得神秘。黑猫却不知外面风传它的种种，它照例每日伏到河边逮鱼。跟祖母下地割草，捉捉小虫子，也能让它独自玩上大半天——它不过是普通一黑猫。

祖母待它，渐渐优厚起来，比待我们好。舍不得吃而藏起来的糕点，祖母会避了我们，偷偷掰给黑猫吃。每到饭时，我们的饭还没到嘴呢，黑猫早已吃得肚子溜圆。祖母还专门为它准备了一把梳子，给它挠痒痒和梳毛。晚上睡觉，它必跟祖母上床。黑猫也只跟祖母一个人亲，祖母说，黑子，来。它哪怕玩得再欢，也丢下所有，跑到祖母跟前去。祖母说，黑子，坐这儿别动，我去去就来。它便听话地坐那儿，一直坐到祖母回来。我们也学祖母的样儿，黑子黑子地叫它，它却充耳不闻。我们嫉妒，背着祖母，把黑猫用布袋子一装，送到离家十里八里远的地方扔了。祖母家前屋后地找，并在门上挂把笤帚，嘴里唤着，黑子，回家呀。也是奇了，远远就见黑猫，一团黑旋风般的，从家门口的小路那头卷了过来，卷到祖母脚跟边，缠绵地叫，叫得柔肠百结，叫得我们眼湿，再没动过送它走的念头。

黑猫后来又一次误食了人家投毒的油饼。这回它没那么幸运，祖母再用肥皂水灌，却没能救活它。祖母伤心得几顿都没吃，把黑猫葬在院门前的一丛大丽花下。我们走过，都看一眼，想一想黑猫。那一年，家里的大丽花开得特别艳丽，每朵花上，仿佛都住着一只黑猫。

最美的语言

回了趟老家。

这次回老家，我没像往常一样，预先给我爸我妈发布通知。我爸我妈毫无准备，他们真实的日常，便真实地袒露在我跟前。

上午十点钟的光景。村庄安静得像一座空城，轻微的风吹，也能听得见回响。地里的麦子熟了，有些已收割，有些还没收割。大地缄默不语。

有小白狗不识我，远远冲我吠，扯着喉咙跳上跳下，兴奋得不得了。村庄里来的陌生人也少，它一定当我是陌生人了。我苦笑，我何尝不是一个陌生人。

爸妈没有应声走出来。家门半掩着，门前的场地上，晾晒着麦子。场地边上，是我前年种下的花，两三年的工夫，它们已蔓延成一大片了。是些大丽花、波斯菊，还有小野菊，它们正颜色绚烂，热情高涨地开着。

花丛中没见到一根杂草，说明我妈肯定给它们除过草了。我关照过她的，一定要养好我的花。我妈记着了。

打我爸电话。我爸正在村部卫生所输液，他身体有炎症，又查出身体内长了个肌瘤。

村部挪了地方。我向一个人打听怎么走，那人很热心地把我送出好远。

村部大院子里没见到一个人。卫生所的一间屋子里，人却满满的，都是些老人，都在输液，我爸在其中。看见我，他很激动，别的老人都没有儿女去看望的，只他有。

他一个劲儿地傻笑，嘴里重复地说的只有一句，乖乖呀，乖乖呀。儿女是他最好的药，能止他一时的痛，让他忘了疾病。

妈原来在家，在蚕房里忙着。妈很像一片草叶子，缩在哪个角落里，很容易被人遗忘掉。我责怪妈，不是让你不要再养蚕了吗！

妈很委屈，她说，家里的桑叶长得那么好，那么好。妈的逻辑是，既然长得那么好，不养蚕就对不起桑叶了。

妈又喃喃，家里的活计我不做，谁做？你爸又不能做。他得了这个倒霉的病，总是尿裤子，一天到晚我要帮他洗十几条裤子。

爸听见妈的话，很抱歉地笑，沮丧地跟我说，我有时都觉得没活头了。

我安慰他，爸，咱活着一天就赚了一天。你虽有病，可比起那些中风躺在床上不能动的人，不是好很多了吗？

爸点点头，说，是啊，我还能吃还能睡，还能走还能动的。

咱有病就治病，积极地去应对，万事不要怕，有我呢，我会帮你安排得好好的。我继续宽慰我爸，并塞给他一些钱。

妈这时跑过来告状，说上次爸说带她上街玩，结果去逛了一天，什么也没舍得买，吃饭是买的盒饭，就蹲在冷风口吃下去了。

妈本是笑着说的，说着说着，就抹起眼泪。妈的眼泪，近年来特别多。

爸只好干笑，说，你这人，你这人，也是你同意买盒饭的，那天我们不也吃得挺饱吗？

我实在不知说他们什么才好。想到风里头，两个老人蹲在一起吃盒饭，我鼻子就发酸。

爸手头也不是没有钱。我姐说，他存着好几万呢。但爸一辈子穷怕了，节俭得近乎吝啬，近乎抠。

爸有他的理由，万一呢，万一出个什么事要用钱呢，到时没钱，那不是让子女受累了？

爸是在为他和我妈的后事做准备，我心里明白，我只不说，假装天还长着，地还久着，岁月还未老。

我拉他们一起站在门前的花旁拍照，我妈为此特地换了身新衣裳，笑得像个小女生。我爸也很认真地把翘起来的衣角理平，又换一顶新帽子戴头上。

我一手搂一个，叫一声爸，再叫一声妈。这世上最美的语言，我怕是叫一声少一声了。但眼下我还能叫着，我很感激了。

贺卡里的婉转流年

第一张贺卡，是送给我的语文老师的。

那时，我在乡下中学读初中，语文老师是新分配来的大学生，说一口流利的普通话，弹一手好钢琴，朗诵的声音像电台播音员，他很快赢得了我们所有学生的喜欢。新年了，我很想送他一件特别的礼物。然乡下孩子，穷，有什么可送的呢？刚好我的一个同学在城里的舅舅，给我的同学寄来一张贺卡。那是我第一次见到贺卡，浅白的底子上，飘着一盏盏红灯笼，真别致啊。

当时，贺卡只在城里有，乡下没得卖。我挖空心思说服父亲陪我进城，手里紧紧攥着平时积攒下来的碎币。城里的五光十色是来不及看的，一头奔了贺卡去，细细挑，慢慢选。最后选中一张，画面上，一个小女孩半蹲着，在吹蒲公英，她身后的草地，碧绿青翠，一望无际。我只觉得美，觉得它很配我的老师。回家，我在上面工工整整地写下一行字："敬爱的老师，喜欢您！祝您新年快乐！"想了想，最终没署名。想我的老师到现在，也不知道是谁送他那张贺卡的吧。年少时喜欢一个人，很圣洁，把他当作心中的神。

高中时，有同学在一张贺卡上写了一阕词："谁翻乐府凄凉曲，风也萧萧，雨也萧萧，瘦尽灯花又一宵。"只看一眼，心肺便被贯穿，我后来才知那是纳兰性德的词。同学把这张贺卡当作新年礼物送我，他说："不久的将来，我们都老了。"我听了，心里划过一道波，点点滴滴，都是疼痛的惆怅。一瞬间，仿佛老了去。现在回头看，有的，只是感动。青春无敌，哪怕是忧伤，哪怕是疼痛。

读大学时，我曾寄过贺卡给我的父亲。在贺卡上，我很是郑重地写下"父亲大人"这几个字。贺卡飞到我家的那个小村庄，引起不小的轰动。乡人们哪见过这个呀，且称自己的父亲为"父亲大人"。我父亲从村部取回贺卡，一路之上，不断有人索要了看，他们一脸羡慕地对我父亲说："你家丫头出息了。"这让我父亲非常得意，那张贺卡，父亲一直收藏着。我现在每次回家，他都要说起，脸上的表情很沉醉很生动。让我很是怀念那个时候的自己，那么单纯认真地对待这个世界，一往无前。

时光是只摇橹的船，咿咿呀呀的，这边还没在意，它已摇过一片水域去。很快，我大学毕业了，工作了。头几年，真是热闹，同学之间书信往来不断，过年时，贺卡更是少不了的，我会收到一堆，也会寄出一堆。去买贺卡，慎重得不得了，一定挑了晴天丽日去，一家店一家店去淘，一张一张地精挑细选，在脑子里回想同学的模样，和他们的糗事，一个人，偷偷笑。

贺卡买回来，先自个儿欣赏了。然后净手，开写。在夜晚的灯下，是最好的。那时，整个天地都是静的，思绪可以放得很远。白天就在脑中构思好的一些话，掏出来，左斟酌，右思量，这才在贺卡上一笔一画写下。贺卡寄出了，一颗心，也随之放飞了，那种喜悦与真诚，无与伦比。

后来，成家了，渐渐被红尘俗事淹没，再没了那颗欢愉和跳跃的心。同学之间的联系，越来越稀疏，直至无。

还会在新年里，收到贺卡，是我的学生或读者寄来的。贺卡一律的喜气洋洋，花团锦簇，大好的年华，开在上面。我对着它们看，心中轻轻淌过一条岁月的河。谁还在贺卡里巧笑情兮？一地落叶黄，婉转流年，流年婉转。

黄裙子，绿帕子

十五年前的学生搞同学聚会，邀请了当年的老师去，我也是被邀请的老师之一。

十五年，花开过十五季，又落过十五季。迎来送往的，我几乎忘掉了他们所有人，然在他们的记忆里，却有着我鲜活的一页。

他们说，老师，你那时好年轻呀，顶喜欢穿长裙。我们记得你有一条鹅黄的裙子，真正是漂亮极了。

他们说，老师，我们那时最盼上你的课，最喜欢看到你。你不像别的老师那么正统威严，你的黄裙子特别，你走路特别，你讲课特别，你爱笑，又可爱又漂亮。

他们说，老师，当年，你还教过我们唱歌呢，满眼的灰色之中，你是唯一的亮色，简直是光芒四射啊。

他们后来再形容我，用得最多的词居然都是，光芒四射。

我听得汗流浃背，是绝对意外的那种吃惊和惶恐。可他们一脸真诚，一个个拥到我身边，争相跟我说着当年事，完全不像开玩笑的。

回到家，我迫不及待翻找出十五年前的照片。照片上，就一普通的女孩子，圆脸，短发，还稍稍有点胖。可是，她脸上的笑容，却似青荷上的露珠，又似星月朗照，那么的透明和纯净。

一个人有没有魅力，原不在于容貌，更多的，是源于她内心所散发出的好意。倘若她内心装着善与真，那么，呈现在她脸上的色彩，必然叫人如沐暖阳如吹煦风，真实、亲切，活力迸发。这样的她，是迷人的。

我记忆里也有这样的一个人。小学六年级，学期中途，她突然来代我们的课，教数学。我们那时是顶头疼数学的。原先教我们数学的老师是个中年男人，面上整天不见一丝笑容。即便外边刮再大的风，他也是水波不现，严谨得像件老古董。

她来，却让我们都爱上了数学课。她十八九岁，个子中等，皮肤黑里透红，长发在脑后用一条绿色的帕子，松松地绾了。像极田埂边的一朵小野花，天地阔大，她就那么很随意地开着。她走路是连蹦带跳着的，跟只欢快的鸟儿似的。第一次登上讲台，她脸红，半天说不出话来，只轻咬住嘴唇，望着我们笑。那样子，活脱脱像个邻家大姐姐，全无半点老师的威严感。我们一下子喜欢上她，新奇有，更多的，却是觉得亲近和亲切。

记不得她的课上得怎样了，只记得，每到要上数学课，我们早早就在桌上摆好数学书，脖子伸得老长，朝着窗外看，盼着她早点来。我们爱上她脸上的笑容，爱上她的一蹦一跳，爱上她脑后的绿帕子。她多像一个春天啊，在我们年少的心里，茸茸地种出一片绿来。她偶尔也惩罚不听话的孩子，却从不喝骂，只伸出食指和中指，在那孩子头上轻轻一弹，轻咬住嘴唇，看着那孩子笑道，你好调皮呀。那被她手指弹中的孩子，脸上就红上一红，也跟着笑，笑得很不好意思。于是，我们便都笑起来。我们作业若完成得好，她会奖励我们，做游戏，或是唱歌——这些，又都是我们顶喜欢的。在她的课堂上，便常常掌声不断，欢笑声四起，真是好快乐的。

然学期未曾结束，却又换回原来严谨的男老师，她得走了。她走时，我们好多孩子都哭了。她也伏在课桌上哭，哭得双眼通红。但到底，还是走了。我们都跟去大门口相送，恋恋不舍。我们看着她和她脑后的绿帕子，一点一点走远，直至完全消失不见。天地真静哪，我们感到了悲伤。那悲伤，好些天，都不曾散去。

他在岁月面前认了输

他花两天的时间，终于在院门前的花坛里，给我搭出两排瓜架子。竖十格，横十格，匀称如巧妇缝的针脚。搭架子所需的竹竿，均是他从几百里外的乡下带来的。难以想象，扛着一捆竹竿的他，走在车水马龙的大街上，是副什么模样。

他说："这下子可以种刀豆、黄瓜、丝瓜、扁豆了。"

"多得你吃不了的。"他两手叉腰，矮胖的身子，泡在一罐的夕阳里。仿佛那竹架上，已有果实累累。其时的夕阳，正穿过一扇透明的窗，落在院子里，小院子像极了一个敞口的罐子。

我不想打击他的积极性——不过巴掌大的一块地，能长出什么来呢？且我，根本不稀罕吃那些了。我言不由衷地对他的"杰作"表示出欢喜，我说："哦，真不赖。"是因为我突然发现，他除了搭搭瓜架子外，实在不能再帮我做什么了。

他在我家沙发上坐，碰翻掉茶几上一套紫砂壶。他进卫生间洗澡，水漫了一卫生间。叮嘱他："帮我看着煤气灶上的汤锅啊，汤沸了帮我关掉。"他答应得相当爽快："好，好，你放心做事去吧，这点小事，我会做的。"然等我在电脑上敲完一篇稿子出来，发现汤锅里的汤，已溢得满煤气灶都是，他正手忙脚乱地拿了抹布擦。

我们聊天。他的话变得特别少，只顾盯着我傻笑，我无论说什么，他都点头。我说："爸，你也说点什么吧。"他低了头想，突然无头无脑说："你小时，一到冬天，小脸就冻得像个红苹果。"想一会儿又说："你妈现在开始嫌弃我喽，老骂我老糊涂，她让我去小店买盐，我到了那里，却忘了她让我买什么了。"

"呵呵，老啦，真的老啦。"他这样感叹，叹着叹着，就睡着了。身子歪在沙发上，半张着嘴，鼾声如雷。灯光下，他头上的发，腮旁的鬓发和下巴的胡楂儿，都白得刺目。点点霜花落。

可分明就在昨日，他还是那么意气风发，把一把二胡拉得音符纷飞。他给村人们代写家信，文采斐然。最忙的是年脚下，村人们都夹了红纸来，央他写春联。小屋子里挤满人，笑语声在门里门外荡。大年初一，他背着手在全村转悠，家家门户上，都贴着他的杰作。他这儿看看，那儿瞅瞅，颇是自得。我上大学，他送我去，背着我的行李，大步流星走在前头。再大的城，他也能摸到路。那时，他的后背望上去，像一堵厚实的墙。

老下去，原不过是一瞬间的事。

我带他去商场购衣，帮他购一套，帮母亲购一套。

他拦在我前头抢着掏钱，"我来，我有钱的。"他唰一下，掏出一把来，全是五块十块的零票子。我把他的手挡回去，我说："这钱，留着你和妈买点好吃的，平时不要那么省。"他推让，极豪气地说："我们不省的，我和你妈还能忙得动两亩田，我们有钱的。"待看清衣服的标价，他吓得咂舌："太贵了，我们不用穿这么好的。"

那两套衣，不过几百块。

我让他试衣。他大肚腩，驼背，衣服穿身上，怎么扯也扯不平整。他却欢喜得很，盯着镜子里的自己，连连说："太好看了，我穿这么好回去，怕你妈都不认得我了。"

他先出去的。我在后面叫："爸，不要跑丢了。"他嘴硬，对我摆摆手："放心，这点路，我还是认得的。"等我付了款，拿了衣出门，却发现他在商场门口转圈儿，他根本不辨方向了。

我上前牵了他的手，他不习惯地缩回。我也不习惯，这么多年了，我们都没牵过手。我再次牵他的手，我说："你看大街上这么多人，你要是被车碰伤了怎么办？你得跟着我走。"他"唔"一声，粗糙的手，惶惶地，终于在我的掌中落下来，脸上，露出迷惘的神情。我的眼睛，有些模糊，是夕阳晃花眼了吧？什么时候，他竟这样矮下去，矮下去，矮得我看他时，须低了头。他终于如一株耗尽生机的植物，匍匐到大地上。

那年，那次远行

冬夜，正睡得蒙眬，被人轻轻推醒。国英姨娘的脸，在我的眼前晃，她说，乖乖，要起来了，要去接新娘子了。

我一下子清醒过来，我是被当作小伴娘，接到她家住的。

能被选作小伴娘，是很荣耀的一件事。全村有那么多女孩子，不是长相不讨喜，就是属相不好，犯冲。我有着一副圆脸蛋，望之团圆可爱。且属相又好，国英姨娘权衡再三，最终选定了我。

做伴娘的好处多多，能一连好几天，吃上好吃的，这是其一。能讨得许多喜糖，装满两只小衣兜，好些天里，嘴里都是甜的，这是其二。又突然从不起眼的小角色，变成了众星捧月的那一个，每个人见着我都会笑，说上一句，啊，梅，你要去接新娘子啊。言语里，颇多羡慕。我觉得自己很重要很重要了。我还有个更大的私密的快乐，那就是，我可以，出远门了！——我将被一辆自行车载着，到一个陌生的别样的地方去。这对于生活在偏僻乡下的十岁女孩子来说，他方，是极具诱惑力的。尽管，是夜里去。

那些年，按吾乡风俗，接新娘子，都是在夜里进行的。冬天的夜，真是深，像屋后的大河一样深。天上的星星，却亮得很，像灶膛里的火星子。接新娘子的自行车，被新郎官推出来了，上面缠着红绸布。载我的自行车上，也缠着红绸布，是新郎官的一个表兄骑的。国英姨娘给我口袋里塞几块糖，叮嘱我，乖，你要坐稳了啊。我点点头，跳上车后座，觉得自己像跨上了骏马，真神气。可惜，是夜里，少有人看得见。

新娘子家在另一个镇，有三十多里地的路。我只记得拐过了很多弯，路过了很多桥。四周的田野，人家的房子，像一座座山峦，酣睡着，充满神秘。天冷，泥路又多颠簸，很快我的腿脚就麻木了，身子也麻木了。可心窝里，却像揣着一团火，说不清的，就那么热烈地燃着。夜很静，静得天上星星呵气的声音，似乎都听得到。新郎官和他表哥都不说话，他们只顾埋头踩着车。我也不说话，只听得见自行车的车轮子，在坑坑洼洼的泥地里，发出嚓嚓嚓的声响，一声连着一声。那么旷远，像一支永远也弹不完的歌，它就那样载着一个小女孩，走呀走呀，走向无穷里去。

半路上，我摔了一个跟头，从自行车的后座上被颠下来了。那一跤，跌得不算重，但因我的腿脚麻木了，愣是坐在地上半天起不来。新郎官和他的表兄吓坏了，他们搓着双手，围着我说，妹妹，这怎么才好？我暗暗给自己鼓劲，终于，一瘸一拐上了车。他们都长舒一口气，剥一块糖塞我嘴里，叮嘱我，妹妹啊，你千万别对人说你摔过跟头的呀。

一晃好多年了，我回老家，遇到当年的新娘子，她都做奶奶了。她搀着她的小孙孙，在路边的一棵女贞树下玩耍。我说，你可记得当年，是我坐着自行车去接你的呢。她眨巴着一双皱纹密布的小眼睛，愣愣看着我，旋即笑了，可不是，想当年……

想当年什么呢？门前的路，早已换成水泥路，平坦宽广，公交车几乎驶到家门口。看着车来车往，我们微笑着，都没有再说话。

爱，踩着云朵来

父亲说，你妈现在不中用了，在家门口都迷路。母亲小声争辩，是夜里黑，看不见嘛。

母亲去亲戚家做客，当夜搭了顺路车回来，车子停在离家半里路的河对岸，过了新修的桥，就到家了。可她却找不着回家的路，稀里糊涂踏上了相反的路，越走离家越远，幸好遇到晚归的同村人，把她送回家。

母亲老了，这是不争的事实，她再也没有从前的利索和能干了。我看着母亲，百感交集，想起了多年前与她相关的一件事，我一直觉得它是奇迹。

那年，我在外地上大学，第一次离家上百里，想家想得厉害，便写了一封家书。字里行间满是孤寂，如跋涉在沙漠里的人。母亲不识字，让父亲念给她听，听完，她竟一刻也坐不住了，决定坐车去学校看我。

母亲是从未出过远门的，大半辈子只圈在她那一亩三分地里。可她决心已下，任谁也阻拦不了。她去地里拔了我爱吃的萝卜，烙了我爱吃的糯米饼，用雪菜烧了小鱼……临了，母亲又去和邻居大婶借了做客的衣——一件鲜艳的碎花绿外套。母亲考虑得周到，她不想让在大学里念书的女儿丢脸。

左挎右掮的，母亲上路了，那时去我的学校，需要在中途转两次车。到了终点站还要走十来里路。我入学报到时，是父亲一路陪着的，上车下车，穿街过巷，直转得我头晕，根本分不清东南西北，记不住路。

然而大字不识一个的母亲，却准确无误地摸到我的学校。我清楚地记得，那是秋末的一天，黄昏降临了。风起，校园里的梧桐树，飘下片片金黄的叶。最后一批菊们，在秋风里，掏出最后一把热情，黄的脸蛋红的脸蛋，笑得满是皱褶。

我在教室里看完书，正要收拾东西回宿舍，一扭头，竟看见母亲站在窗外，冲着我笑。我以为是眼花了，揉揉眼，千真万确是母亲啊！她穿着鲜艳的碎花绿外套，头上扎着的方格子三角巾，被风撩起。黄昏的余晖，在母亲身上镀一层橘粉，她像是踩着云朵而来。

那日，我们的宿舍，过节一般。女生们个个都有口福了，她们咬着母亲带来的大萝卜，吃着小鱼，还有糯米饼，不住地说，阿姨，好吃，太好吃了。

而母亲，不大听得懂她们说的话，只是那么拘谨地坐着，拘谨地笑着。那会儿，一定有风吹过一片庄稼地，母亲淳朴安然得犹如庄稼地里的庄稼。

一路之上，母亲是如何上车下车，又是如何七弯八拐到达我们学校的；后来，她又是如何在偌大的校园里，在那么多的教室中，一眼找到了我的，这成了一个谜。

我曾问过母亲，她始终笑，不答。现在我想，这些问题根本无须答案，因为她是母亲，所以她的爱能踩着云朵而来。

人间有味

一

卖水果的男人，歪戴着一顶藏青色帽子，吹着口哨，拖着一拖车的水果，摆到超市门口卖。拖车上只有一种水果，柑橘。价格不菲。

问他，你卖的柑橘怎么比人家的贵？

他看一眼他的柑橘，答，我的柑橘好啊，当然得贵一点，超市里卖的就没我的好。不信，你买来比较。

问他，降点价好不？

他斩钉截铁回，不。

因为色彩单一，那一拖车的柑橘看起来，很好看，纯粹、饱满，活泼泼的，似乎真的跟别处的不一样了。

路过的人也都停在他的拖车前看一看，摸一摸柑橘，问一问价格。他坚持不肯降一点点价，问津的人也就少了。

男人也不着急。

他歪戴着他的帽子，吹着他的口哨。也抓一只柑橘，自个儿剥开吃。皮薄，肉多，瓣瓣似鼓鼓的蓓蕾。他丢一瓣到嘴里，慢慢嚼，眼睛看着东来西往的人，好像要把他嘴里的那瓣甘甜，都与那些过路人分享了。过一会儿，他再丢一瓣到嘴里，慢慢嚼，眼睛仍看着东来西往的人，兴趣盎然的。一拨人过去了，又一拨人来了。

终有人停在他的柑橘前，问，甜吗？

他的声音雀跃，当然，甜得要命。

然后，他放下手里吃到一半的柑橘，吹起口哨，忙着给人称秤。

我站在不远处，看了他那么久，只觉得有趣得很。人间有味，这算是一种。

二

我妈种的小麦收了，晒了满满一场。

五六千斤呢，能卖五六千块钱的。我妈说这话时，脸上的笑纹，越聚越多，越聚越深，似些小水波在荡。

我的眼前，亮灿灿的太阳，照着满场黄灿灿的小麦。场边，还有一蓬红红的大丽花在开。这样的景象，有着我无比熟悉的家的味道，看得我眼眶发热。

我很难想象，一个快八十岁的老太太，居然还能种出这么多的粮食。

我妈不满地冲我哒了一声，说，我还小呢，二队的鳞子妈妈，都八十九了，一个人还养着十几头大肥猪呢。

我立即打消了要我妈放弃种田的念头。

她一辈子厮守在这里。这里是她的根，她的乳，她的血，她的奔头。她一步不落地走着，有着她固有的步骤，小麦收了，该种水稻。水稻熟了，该种油菜。油菜熟了，蚕桑正当时。她熟悉吹过这里的每一缕风，熟悉这里每一寸土地的脾气，她闭起眼睛也能分辨出不同庄稼的气息。她早已活成了村庄的样子。

她说，做惯了呢，一天不干活，浑身就疼。

她说，我要去地里拾小麦呢，机器割的，掉下来不少。

我点头，微笑地看着她瘦小的身影，一心一意地走向她的田野。那身影上，罩着一圈的阳光。风淡淡地吹着，鸟雀成群地飞过她的头顶去。

我不打算改变她的生活方式了，就让她陪着田野一起老去吧。

这世上，本就是百味纷呈，能以适合自己的方式努力活着，该是人间万千滋味中最好的一种。

瓦壶天水菊花茶

　　小镇看上去很普通，跟任何一座苏北小镇相差无几，却有个让人过耳不忘的名字：白驹。初听到，愣一愣，很自然地联想到《诗经》里的"皎皎白驹"之句。想象中，一片原野铺陈，有菜有豆，白色的骏马奔驰而过，洁白的鬃毛如银似雪，在绿的原野上，惊心夺目着。询问当地人，当地人笑起来，说，老祖宗就是这么叫的，从古至今就是这么叫的。

　　这里曾是汪洋一片，至隋唐时才形成陆地。范仲淹率民众修筑捍海堰，曾在这里作短期逗留，他应士民请求，为这里的关帝庙题写了碑记。在碑记中，这位心系天下百姓苍生的大学士写道："愿后之居高位者，尚其体侯之心以为心。"这时的白驹，以产盐闻名遐迩，商贾往来频繁。

　　小老百姓的日子，却是清贫简朴的。郑板桥来此访友，友人生活简陋，篱笆错落，茅舍低矮，拿糙米饭招待他。饭后，友人取檐下瓦瓮里的天水，烧沸，从篱笆墙边，随手摘两朵菊花丢进去，于是，就有了满满一瓦壶的菊花茶。两人坐定屋前，一边赏花，一边品茶。此等情趣，深得郑板桥喜欢和留恋。他临别之时，赠友人对联一副答谢："白菜青盐糙米饭，瓦壶天水菊花茶。"个中情谊，唇齿留香。

郑板桥这个人实在是极有意思的。历来会画会诗文之人，多多少少有些清高，有些远离人间烟火，郑板桥却在烟火里打着滚儿。他去乡下，一顶草帽在头，到地里去摘豆摘菜，完完全全一农村小老头的样儿。他因此留下了许多烟火字，有时虽是一两句，却让人玩味不已，满满的，都是欢喜的俗世味儿。如，一庭春雨瓢儿菜，满架秋风扁豆花；如，扫来竹叶烹茶叶，劈碎松根煮菜根；如，老屋挂藤连豆架，破瓢舀水带鲦鱼。田园艰辛，却透出无限诗意，豁达从容，安贫乐道。他的一句"瓦壶天水菊花茶"，让小镇白驹，永远活在了家常的闲适里。

还有施耐庵。他曾隐居白驹，在这里挥毫写下了传世之作——《水浒传》。白驹人都知道他，你在街上不识路，问施耐庵纪念馆怎么走，就有一个两个三个当地人走上前来，热心为你指点。他们是摆摊卖水果的，是街边炸油条的，是走路路过的。

小镇巷道连着巷道，曲里拐弯，凌乱着，却有着家常的亲切。随处可见一些上了年纪的老房子，木门腐朽，墙壁剥落，屋顶上的瓦楞间，长满杂草。有的废弃了，有的还住着人。在某条巷子里，我遇到一栋故事一样的老房子，有深深的庭院，有高高的木格窗，里面塞满物什，一把老蒲扇靠窗侧放。想来那是旧物收藏，用是没多大用处了，可不舍得扔掉。那上面或许留有老祖母的气息。

烧饼炉子当街而立。午后清闲，炉火在打着盹儿，炉子上散落着一些卖剩下的烧饼。我正看着呢，对街走来一男人，白围裙围着，他说，是冷的。你要吃吗？要吃我给你热热。我笑着摇摇头，并没有走的意思。他便拉过一张凳子来，示意我坐下。他自去屋内端一壶茶出来，坐到另一张凳子上。我冲他笑笑，他还我一个笑，无话。他手上的茶壶，一定用过很多年了，茶垢很厚。他呷一口，望着街沉默，我跟着他一起望街。我的眼前，晃过当年场景，矮桌上，一壶菊花茶，热气袅袅。郑板桥和他的友人，也是如此沉默地喝着茶吧。一旁的阳光，迈着碎碎的步子，爬过篱笆墙去。日子的好，缓缓渗进周遭的每一方空气中，渗进他们身下的每一寸泥土里。

黑白世界里的纯情时光

这是几十年前的旧事了。

那个时候，他二十六七岁，是老街上唯一一家电影院的放映员。也送电影下乡，一辆破旧的自行车，载着放映的全部家当——放映机、喇叭、白幕布、胶片。当他的身影离村庄还隔着老远，眼尖的孩子率先看见了，他们一路欢叫："放电影的来喽，放电影的来喽。"是的，他们称他，放电影的。原先安静如水的村庄，像谁在池心里投了一把石子，一下子水花四溅。很快，他的周围围满了人，男的，女的，老的，少的。一张张脸上，都蓄着笑，满满地朝向他。仿佛他会变魔术，口袋一经打开，他们的幸福和快乐，全都跑出来了。

她也是盼他来的。村庄偏僻，土地贫瘠。四季的风瘦瘦的，甚至连黄昏，也是瘦瘦的。有什么可盼可等的呢？一场黑白电影，无疑是心头最充盈的欢乐。那个时候，她二十一二岁，村里的一枝花。媒人不停地在她家门前穿梭，却没有她看上的人。

直到遇见他。他干净明亮的脸，与乡下那些黝黑的人，是多么不同。他还有好听的嗓音，如溪水叮咚。白幕布升起来，他对

33

着喇叭调试音响,四野里回荡着他亲切的声音:"观众朋友们,今晚放映故事片《地道战》。"黄昏的金粉,把他的声音染得金光灿烂。她把那声音裹裹好,放在心的深深处。

星光下,黑压压的人群。屏幕上,黑白的人,黑白的景,随着南来北往的风,晃动着。片子翻来覆去就那几部,可村人们看不厌,这个村看了,还要跟到别村去看。一部片子,往往会看上十来遍,看得每句台词都会背了,还意犹未尽地围住他问:"什么时候再来呀?"

她也跟他后面到处去看电影,从这个村,到那个村。几十里的坑洼小路走下来,不觉苦。一天夜深,电影散场了,月光如练,她等在月光下。人群渐渐散去,她听见自己的心,敲起了小鼓。终于等来他,他好奇地问:"电影结束了,你怎么还不回家?"她什么话也不说,塞他一双绣花鞋垫。鞋垫上有并蒂莲,是她一针一线,就着白月光绣的。她转身跑开,听到他在身后追着问:"哎,你哪个村的?叫什么名字?"她回头,速速地答:"榆树村的,我叫菊香。"

第二天,榆树村的孩子,意外地发现他到了村口。他们欢呼雀跃着一路奔去:"放电影的又来喽!放电影的又来喽!"她正在地里割猪草,听到孩子们的欢呼,整个人过了电似的,呆掉了,只管站着傻傻地笑。他找个借口,让村人领着来找她。田间地头边,他轻轻唤她:"菊香。"掏出一方新买的手绢,塞给她。她咬着嘴唇笑,轻轻叫他:"卫华。"那是她捂在胸口的名字。其时,满田的油菜花,噼里啪啦开着,如同他们两颗爱的心。整个世界,流光溢彩。

他们偷偷约会过几次。他问她:"为什么喜欢我呢?"她低头浅笑："我喜欢看你放的电影。"他执了她的手，热切地说："那我放一辈子的电影给你看。"这便是承诺了。她的幸福，像撒落的满天星斗，颗颗都是璀璨。

他被卷入一场政治运动中，是一些天后的事。他的外公在国外。那个年代，只要一沾上国外，命运就要被改写。因外公的牵连，他丢了工作，被押送到一家劳改农场去。他与她，音信隔绝。

她等不来他。到乡下放电影的，已换了他人，是一满脸络腮胡子的中年男人。她好不容易找到机会，拖住那人问，他呢？那人严肃地告诉她，他犯事了，最好离他远点儿。她不信，那么干净明亮的一个人，怎么会犯事呢？她跑去找他，跋涉数百里，也没能见上一面。这个时候，说媒的又上门来，对方是邻村书记的儿子。父母欢喜得很，以为高攀了，赶紧张罗着给她订婚。过些日子，又张罗着结婚，强逼她嫁过去。

新婚前夜，她用一根绳子拴住脖子，被人发现时，只剩一口余气。她的世界，从此一片混沌。她的灵动不再，整天蓬头垢面地，站在村口拍手唱歌。村里的孩子，合着声一齐叫："呆子！呆子！"她不知道恼，反而笑嘻嘻地看着那些孩子，跟着他们一起叫："呆子！呆子！"一派天真。

几年后，他被释放出来，回来找她。村口遇见，她的样子，让他泪落。他唤："菊香。"她傻笑地望着他，继续拍手唱她的歌。——她已不认识他了。

他提出要带她走。她的家人满口答应，他们早已厌倦了她。走时，以为她会哭闹的，却没有，她很听话地任他牵着手，离开了生她养她的村庄。

他守着她，再没离开过。她在日子里渐渐白胖，虽还混沌着，但眉梢间，却多了安稳与安详。又几年，电影院改制，他作为老职工，可以争取到一些补贴。但那些补贴他没要，提出的唯一要求是，放映机归他。谁会稀罕那台老掉牙的放映机呢？他如愿以偿。

他搬回放映机，找回一些老片子，天天放给她看。家里的白水泥墙上，晃动着黑白的人，黑白的景。她安静地看着，眼光渐渐变得柔和。一天，她看着看着，突然喃喃一声："卫华。"他听到了，喜极而泣。这么多年，他等的，就是她一句唤。如当初相遇在田间地头上，她咬着嘴唇笑，轻轻叫："卫华。"一旁的油菜花，开得噼里啪啦，满世界的流光溢彩。

花都开好了

记忆里，乡村多花，四季不息。而夏季，简直就是花的盛季，随便一抬眼，就能看到一串艳红，或一串粉白，趴在草丛中笑。

凤仙花是不消说的，家家有。那是女孩子的花。女孩子们用它来染红指甲。花都开好的时候，最是热闹，星星点点，像绿色的叶间，落满粉色的蝶，它们就要振翅飞了呀。猫在花丛中追着小虫子跑，母亲经过花丛旁，会不经意地笑一笑。时光便靓丽得像花一样。

最为奇怪的是这样一种花，只在傍晚太阳落山时才开。花长在厨房门口，一大蓬的，长得特别茂密。傍晚时分，花开好了，浅粉的一朵朵，像小喇叭，欢欢喜喜的。祖母瞟一眼花说，该煮晚饭了。遂折身到厨房里。不一会儿，屋角上方，炊烟就会飘起来。狗开始撒着欢儿往家跑，那后面，一定有荷着锄的父母亲，披着淡淡夜色。我们早早把四方桌在院子里摆上了，地面上洒了井水（消暑热的），一家人最快乐的时光就要来了。花在开。这样的花，开好的时候，充满阖家团聚的温馨。花名更是耐人咀嚼，祖母叫它晚婆娘花。是一个喜眉喜眼守着家的女子呀，等候着晚归的家人。天不老，地不老，情不老，永永远远。

喜欢过一首低吟浅唱的歌，是唱兰花草的，原是胡适作的一首诗。歌中的意境美得令人心碎："我从山中来，带着兰花草。种在小园中，希望花开早。"一定是一个美丽清纯的乡村少女，一天，她去山中，偶遇兰花草，把它带回家，种在自家的小园里，从此种下念想。她一日跑去看三回，看得所有的花都开过了，"兰花却依然，苞也无一个"。多失望多失望呀，她低眉自语，有一点点幽怨。月华如水，心中的爱恋却夜夜不相忘。是有情总被无情恼吗？未必是。等到来年的春天，会有满园花簇簇的。

亦看过一个有关花的感人故事。故事讲的是一个女孩，在三岁时失了母亲。父亲不忍心让小小的她受到伤害，就骗她说，妈妈到很远很远的地方去了，等院子里的桃花开了，妈妈就回来了。女孩于是一日一日跑去看桃树，整整守候了一个冬天。次年三月，满树的桃花开了。女孩很高兴，跑去告诉父亲，爸爸，桃花都开好了，妈妈就要回来了吧？父亲笑笑说，哦，等屋后的蔷薇花开了，妈妈就回来了。女孩于是又充满希望地天天跑去屋后看蔷薇。等蔷薇花都开好了，做父亲的又告诉女儿，等窗台上的海棠花开好了，妈妈就回来了。就这样，一年一年的，女孩在美丽的等待中长大，健康而活泼，身上没有一丝忧郁悲苦的影子。在十八岁生日那天，女孩深情地拥抱了父亲，俯到父亲耳边说的一句是，爸，感谢你这些年来的美丽谎言。

花继续在开，爱，绵绵不绝。

画家黄永玉曾在一篇回忆录里，提及红梅花，那是他与一陈姓先生的一段"忘年交"。当年，黄永玉还是潦倒一穷孩子，四处流浪，以教书、投稿为生，每年除夕，都会赶到陈先生家，和陈先生一起过。那个时候，陈先生家的红梅开得正好。这年除夕，陈先生家的红梅如期盛开，黄永玉却没能赶到。陈先生就给他写信，在信中这样写道："花都开了，饭在等你，以为晚上那顿饭你一定赶得来，可你没有赶回来。你看，花都开好了。"

你看，花都开好了。冰天雪地里，红艳艳的一大簇，直艳到人的心里面。它让我们完全有理由相信，这世上有好人，有善，有至纯至真。多美好！

第二辑
一河树色，几声蛙鸣

　　我不要万蛙来鸣，只要这一两声也
就够了，兼着一河树色。我绕着河边，
一圈一圈走着，在万绿的拥抱中，在一
两声的蛙鸣里。

种点什么吧，在春天

一

种点什么吧，在春天。

就种几朵小花吧。就种两棵小树吧。就种一盆小草吧。或种瓜种豆。种葱种韭。

种等待。

有等待的人生，多么丰盈富足。等着等着，花就开了。等着等着，叶就葱茏茂密起来。小草成茵。瓜果累累。葱绿韭肥。季节里，还要怎样的好？

实在没什么可种，我们还可以种几片阳光，一点善心。

携着阳光前行，不漠视他人的苦痛。不嘲弄他人的缺陷和失误。心怀感恩与怜悯，在能伸手相助的时候，尽量伸出你的手。那么，这个世界，将会长出多少绚烂的美好。

二

海边无人，空旷辽远。

几朵野菊花，在将绿未绿的茅草丛中，欢颜轻绽，清香暗播。

风来，它笑。云走，它笑。鸟叫声在远处啁啾，它笑。泥土在它身下喧腾，它笑。三五点艳黄，就把一个春天驮在身上。

你不知道它，有什么要紧呢？它在，便是满满一个世界。

向一株植物学习吧，在该绿的时候，拼命绿。在该盛放的时候，拼命盛放。你看见，或者没看见，它都在那里。天晴时绿着，开着花。天阴时，还在绿着，开着花。只要心中有晴天，便日日晴着。

三

下班回家，偶抬头，被一个浑圆的春天的落日吓住。

隔着一些房屋，隔着一些树木，隔着一些河流，隔着一些山和溪谷，它像朵大红的木棉花，开在天边。

艳。惊艳。人一时半会儿动弹不了，只呆呆站立着，望着那朵"花"。眼见着它一点一点小下去，小下去，小成核桃。最后，像块糖似的，慢慢化了，天边绯红成海洋。

我的心里一边欢喜，一边疼痛。我不知道我为什么要疼痛。天地间有些美，真叫人承受不住，你没有办法的，你只能被它俘虏，融化。我想象着那种甜，似蔗糖，如奶油，浸得每一丝云彩，都变得黏稠。

黛色从四周涌上来，潮水一般的。而月亮已迫不及待出来了，一枚鹅毛在飘。又像宣纸上，描上了半朵白莲花。这时，天地间被一种奇异的色彩笼罩着。红也不是。黄也不是。青也不是。蓝也不是。却是炫目的，金碧辉煌。

白天和黑夜的交接，原是如此的隆重与华丽，妙不可言。

四

晚上散步，路过一个小亭子，我走进去。

空气是暖的。树的影子，在地上晃。风浅淡得若有似无。透过树梢，我看到天上一个鱼丸子一样的月亮。音乐和人的声音，响在不远处，那是跳舞健身的人们。草的清香，树上嫩芽的清香，把一切衬得无比幽静，又无比甜蜜。

这个时候，我只觉得样样都是好的。春天是好的。树是好的。草是好的。月亮是好的。音乐是好的。跳舞的人们是好的。我也是好的。

因为我在这里，因为我没有错过，我感动得想落泪。

五

柳该堆烟了吧？桃花快开了吧？乡下的麦子，已浩荡成绿波浪了吧？

母亲说，今年燕子又到家里来做窝了。

是嘛！我高兴地说。微笑间，春天已盛装而来。

那么，许自己一段闲暇吧，在这个春天，去捡拾一些久违的小欢喜。蘸几声鸟鸣。拌几滴雨声。采几点新绿。喝一杯下午茶。或者，轻枕春风，听听花开草长的声音。看白云悠悠，荡过万里晴空。或者，就着黄昏，读一段童话。

是的，不管季节走多远，我也一定相信童话相信美好，不让心在纷繁芜杂中走丢。

2020 立春日

一惊。居然，都立春了。

居家的日子，一天与一天，一小时与一小时，一分钟与一分钟，没什么区别，它们模糊了彼此的样子，没有了界线，从你到我，从我到它，像水在水中，雨在雨里，冰在冰上。

"天地不仁，以万物为刍狗"，两千五百年前，老子这么说。当初读到，惊，天地怎么这么无情？它不是最公允仁慈的吗，给予我们日月星辰，给予我们大地、阳光和雨露。现在再读，更惊，在大自然的心里，万物原都是一样一样的啊，从没有尊卑之分。无论草木虫鱼，无论我们人类，都只是它浩瀚中渺小的一粒。它从不偏向谁，从不袒护谁，谁遵守它的规则，谁就能得到它甜蜜的报偿。谁破坏了它的规则，它势必惩罚谁，绝不心慈手软，绝不留一点点情面，彻底、果决、冷酷。它要的是自然的秩序有条不紊，要的是万物和谐共生。

可谁说它又不是最有情的呢？

你看，大自然的事情，分分秒秒从不耽搁一点点，说立春，也就立春了。新的轮回，又开始了。

清晨，我还在床上，窗外的鸟们就已热闹起来，拉了小半天家常了。一些鸟越冬归来，它们久别重逢。它们谈笑晏晏。昨晚天上那枚蜜饯似的月亮，一定被它们偷偷分吃了。它们的声音里，有月光的味道，清甜的，绵软的。

小区有两株梅花，花苞苞镶了一树。有的花苞苞禁不起清风和阳光的逗弄搔痒，率先咧嘴笑了，笑出一朵胭脂红来，笑出一朵翡翠绿来。

我知道，倘出了小区门，左拐，到路的对面去，沿着河岸往北走，走不多远，会遇见十多棵梅树。两棵白梅，一棵绿萼梅，三四棵朱砂梅，余下的是美人梅和宫粉梅。它们也要春天了，要沸腾了，要起义了。

要看成群的梅花，就抬步再多走些路，走到通榆河边去。或者，到西边的植物园去。那儿，有梅树站成小片梅林。我记得去年春天去看时，花事正盛，每一朵梅花，看上去都得意扬扬的，显摆得不行。野蜂在那儿大摆盛宴，绕花狂欢。我在它们身边徜徉，万物彼时皆得意，我也恨不得变成一只蜂，跟它们一起狂饮，烂醉如泥一回。

今年的梅花，怕是要寂寞了吧？它们的红在寂寞。它们的白在寂寞。它们的粉在寂寞。它们的绿在寂寞。我给我爸打电话，以前他会一遍一遍问，你什么时候回家来？他的语气是期盼的，急切的。现在他不这样说了，他告诉我，他在家里好好的，要我也要待在家里好好的，哪儿也不要去。等疫情结束吧——是的，我们都在等。从远古到而今，人类经历过多少灾难的考验，又经历过多少难耐的等待？每一次噩梦醒来，都是一次重生。

永远不丧失信念，竭尽全力，方才有否极泰来。我站在后阳台，可以看到后面一排房子。有人站在窗口，也像我一般对着外面看。阳光在我们之间，扑腾出无数朵雪白的"水花"。

节气已翻到雨水

凌晨四五点的时候，我就被几只小鸟吵醒。它们叽叽喳喳热议着什么，兴奋莫名。起床后，我才知，节气已翻到雨水。怨不得小鸟们起那么早，它们讨论的该是雨水的事情。今日开始，冰雪消融，草木萌动，春天是真的来了。

风起。天上的云被吹轻了，吹淡了，吹得柔弱了，一丝儿一丝儿游丝似的，挂在蓝天上。让我想到现时的柳，娇弱得无力系东风。我搁在窗台外的花盆，沉默了一个冬天的土里，冒出几粒小绿来。天空和大地，都做好迎接春天的准备了。

楼上小孩的钢琴声，响在上午九十点。

这些天，天天如此。

从音节的不连贯，到渐渐能成曲调了，到顺畅了，我一一见证着。

小孩我见过为数不多的几次，在电梯里。

一次是她还被抱在襁褓里，粉粉的一团，像粒花骨朵。我伸手轻轻抚了抚她的小脸蛋，我的手上，好似沾上了花香。

一次是她被爷爷牵着，带出去吃早点。她三四岁了，胖乎乎的，大胆地盯着我看，像只可爱的小狗。

还有一次，是年前的事了。她爸爸妈妈带着她，她长高了许多，瘦了，扎着一条马尾巴，光着圆润饱满的额头。她妈妈让她叫我阿姨。她害羞地往妈妈身后躲，沉默着。我问："上学了吗？"她妈妈代答："上二年级了。"

她妈妈抱歉地说："孩子闹，有时会吵着你们吧？"

是有点闹。常听到楼上她的小脚在叮叮咚咚，大约是在追逐着什么。也听到类似于拍球的声音，噼噼啪啪，一下一下，撞击着我们的天花板。也总听到她弹钢琴的声音……

但我只微笑着，伸手摸摸小姑娘的头，我说："你钢琴弹得好好哦。"

我是真的欢喜，能够看着一个孩子，像一棵植物似的，就这么抽枝长叶起来。我想起一句老话，雨水落一毫，小孩长一寸。小孩子如同植物，也是趁着雨水长的。

打电话回家，我妈正在地里忙活。她种了几亩青菜，人吃不掉，挑上来晒干了，留着给羊吃。菜地空出来后，我妈打算播些萝卜种子、黄豆种子进去。胡桑的枝条也该伐了，我妈今年还打算继续养蚕。活计一桩接一桩，被我妈安排得井井有条。

在我妈看来，活着就是这样实实在在的一天天，有播种，有收成，吃饱饭，睡好觉。她不识字，不晓得村庄以外的事情，她只关心着她的农活她的羊。虽也有难过的时候，比方说，村子东头的谁谁谁走了。村子西头的谁谁谁也走了。那些和她一起扛过锄头一起担过粪桶的人，那些和她一起闹过矛盾拌过嘴的人，一个一个，在她跟前消失了，变成了地里的一抔土。我妈说起时，神情有些呆滞，脸上有戚容。但也只是一小会儿，她便去做她的事了。一切在命，阎王叫你三更死，不会留你到五更。我妈早已接受了命运赐给她的一切，无论是好的，还是坏的，她一股脑儿全盘接受。然她又是积极着的，为着生活的这一面，她付出了她全部的努力，在她能支配的时间和空间里，在她能左右的事物之中，她做着绝对的主人。

生命不息，战斗不止。我妈是真正的战士。

拂桐芭

　　"拂桐芭"三个字摆在一起，真正美极了。它出现在我国最早的一部物候学著作《夏小正》中："三月……拂桐芭。"原意是指桐树开花了。可你分明感受到丝丝春风，正从这三个字中吹拂过来，一簇一簇的桐花，在和煦的春风中缓缓绽开，轻歌曼舞。我常常要惊叹且羡慕古人，他们对自然的那份敏感、懂得和敬畏，是嵌入到生命的每一个缝隙中的，春分候海棠、梨花、木兰，清明候桐花、麦花、柳花，它们让每一个寻常的日子，都充满期待，渗透着草木清香。

　　桐花美。花开时，几乎照不见一片叶子，满树一嘟噜一嘟噜的全是花，像半空中炸开了一堆烟花，酣畅淋漓，飞流直下。一般紫色居多，也有白色的。它的树体又高又直，树冠披散，本身就非常俊美。再扛着一头一身紫色的花，是怎样的一种景观？真的叫人惊叹得很。

　　历来的文人们，对桐花都赋予深情，李商隐曾写过这样的诗句："桐花万里丹山路，雏凤清于老凤声。"万里丹山路上都开着桐花，这等气势，也只有桐花撑得住。陆游的桐花，是他无意中邂逅到的：

"纤纤女手桑叶绿，漠漠客舍桐花春。"当时，他正滞留在去临川的途中，因春水暴涨，深溪上的桥被冲垮，他过不去了，心情惆怅得很。这时候，却突然瞥见满满盛开的桐花，笼住他入住的客房。他惆怅的心绪，得到一丝抚慰。明代有个叫黄姬水的书法家，对桐花也十分痴迷。有一年，桐花开时，他携了酒进山赏花，与花对饮，不知不觉竟醉卧山石上。等他醒来，哇，太阳已经下山了，一帘月色，正笼罩着一树树桐花：

> 山中长日卧烟霞，车马无尘静不哗。
> 石上酒醒天已暮，一帘月色覆桐华。

彼时彼刻，是何等的静美！唯有月色与桐花与他，素心花对素心人。

我原先所在的校园，教学楼后，也有桐树两棵。四月里，我在教室里上课，稍稍一扭头，就能看到窗外累累的桐花，都高过三层楼了。淡紫粉白的花朵，又多又大，如垂挂的铃铛，紫风拂拂，响声丁零。我望着发愣，笑。孩子们看着我，跟着笑。我停下课，对孩子们说："来，我们一起看看桐花吧。"孩子们就都拥到窗口，似乎是第一次看见桐花，他们惊奇地叫："原来泡桐也开花啊。"我后来搬离了那个校园，再也没见过那两棵桐树。听说校园经过一番改造，原先的花草树木大多被移走了。很可惜呢，那么多我熟悉的草木，再也无法相见了。

我的乡下，泡桐也是常见的树种。它易长，几年的工夫，就能长得又粗又高了。但它木质疏松，做不得上等木材，吾乡人对它，不大看得上眼的，他们说，哎呀，泡桐嘛，容易裂缝呀，容易变形呀，不好不好。只拿它做做衣橱里的隔板什么的。然不知何故，每家还是会长几棵，在屋前。冬天结花蕾，春天开花，每一场花开它都不懈怠，勤勤恳恳地准备着，轰轰烈烈地盛开着。吾乡人并不在意，树长在那儿，花开在那儿，由着它们自己生长吧，彼此交融，浑然不觉。

桐花落，不是一瓣一瓣飘落，而是大朵大朵，甚至是一撮一撮的，甚是惊人。风吹，地上的落花，泛起紫色的波涛。没人觉得伤感。伤感什么呢，地里的麦穗饱满起来，青蚕豆可以吃了，桑蚕也快结茧了。

槐花深一寸

　　槐花开的时候，我抽了空去看。人生的旅途说长也长，说短也短，我们能相遇到的花期也有限，我不想错过每一场花开。

　　槐花也属乡野之花。它比桃花、梨花更与人亲，那是因为它心怀甜蜜。花开时节，空气中密布它的香甜，让你不容忽视。于是乡下孩子的乐事里，就有这么一件，爬上树去摘槐花。那也是极盛大的场景，树上开着槐花，地上掉着槐花，小孩的脖子上、肩上落着槐花，口袋里，还塞着一串串白。随便摘取一朵，放嘴里品哑，甜啊，糖一样的甜。巧妇会做槐花饼、槐花糖，吃得人打嘴也不丢。家里养的羊，那些日子也有了嘴福，把槐花当正餐吃的。

　　我来赏的这树槐花，在小城的河边。小城新辟了沿河观光带，这棵槐，被当作一景从他处移植过来。其他树种众多，独独它，只一棵。《周礼·秋官》中记载：周代宫廷外种有三棵槐树，三公朝见天子时，分别站在那三棵槐树下。周代的槐，有崇敬的意思在里面。槐又通"怀"，是怀想与守望。我瞎想，我们小城移来这棵槐，是把它当作镇城之树的吧。

傍晚时分，光的影，渐渐散去。黑暗是渐渐加深的，及至一树的白，也没在黑里头。天便完全黑下来了。这时候，赏花变得纯粹，周遭的黑暗做了底子，槐花的白，跳跃出来，是黑布上绣白花。

仰头望向那树白，心莫名被一种情绪填得满满的。说不清那情绪到底是什么。那一刻，时间停顿，风不吹，云不走，仿佛什么都想了，什么都没有想。这是人生的态度，我更愿意把它理解为本能，是由不得你的。

微笑。想起那首出名的山西民歌《我望槐花几时开》。歌里唱："高高山上一树槐，手把栏杆望郎来。娘问女儿你望啥子，我望槐花几时开……"盼郎来的女儿家，心焦焦却偏不承认，偏把相思推给无辜的槐花："哎呀呀，槐花槐花，你咋还没有开？"这里的槐花，浸染上人间情思，惹人爱怜。

风吹，有花落下来。我捡一串攥手心里，清凉的感觉，在掌中弥漫。白居易写槐花："薄暮宅门前，槐花深一寸。"我以为这是花落景象。古人尚不知花可吃，或者，知可吃而不吃，是为惜花。他们任由槐花自开自落，一径落下去，在地上铺了足有一寸深的白。真是奢侈了那一方土地，埋了那么多香甜的魂。

海桐带露入帘香

春末的花事里，海桐花是值得书上一笔的。

以前也不多见，只在人家的庭院里，偶尔见到一两棵。我任教的校园里，长着一棵，师生们谁也不去干涉它，由着它的性子长，它竟长到了两层楼那么高，蓬蓬的，四季常绿着，光洁清亮。我有时在二楼教室的走廊上，伸手去够，够着它聚生在枝条顶端的叶子。摘一片叶子，揉碎了闻，有淡淡的清香，很好闻。

它的花，更好闻。是浅浅的甜、幽幽的香混合在一起的味道，像一杯温温的老班章普洱茶。春末夏初，花们肯定会来报到，像闹钟一样的准时。当我们闻到空气中有海桐花的香了，就知道春天走了，夏天来了。那些聚生在叶子间的细白的小花，一簇簇冒出来，缓缓开着，像鼓起小小的帆，要远航去。人送它别称"七里香"。我以为，七里可闻太夸张了，半里之内，肯定能闻到。

奇妙的是，那些小白花还会玩变脸。你今天看着是一张小白脸，明日去看，已染上淡黄了，就是一朵小黄花。我把这个伟大发现告诉了孩子们，下课的时候，就常有孩子聚在海桐树下，仰望着一树花，他们想亲眼验证是不是这样。

我和孩子们在教室里上课，海桐花的香，一缕一缕拂进来，在我们的唇上游走，让我们每吐一个字，都似含了香。这时我会停下来，让孩子们闭上眼睛，感受一下花香轻拂过来的温柔。孩子们听话地闭起眼睛，青春的脸庞，光洁闪亮，如同海桐清亮的叶片。多年后，那些孩子已长大成人，他们遇到我，都会跟我说起教室外的那一树海桐花。他们说，老师呀，只要看到海桐花，我们就想到老师你，是你教我们认识了海桐花，教会我们怎么去感受美。

我笑。我没有告诉他们，看到海桐花时我也会想到他们，想到我们一起度过的美好时光。人生有多少那样的缘分，可以相遇到一起，可以与一树花共同度过？有时，千年也未必能修得。

海桐原生于南海山谷之中。五代前蜀人李珣，对药草颇有心得，著书《海药本草》六卷，首次提到海桐："生南海山谷中。似桐皮，黄白色，故以名之。"在宋时，海桐曾一度被人唤作山矾。在得名山矾前，当地人还曾叫它郑花。这似乎跟一姓郑的人有关，或许是他先发现山野中有此花的。王安石有次于山谷中邂逅郑花，大为喜欢，想写首诗来赞赞它，却忘了它的名字。好友黄庭坚得知，建议道，不如就叫它山矾好了。黄庭坚记下了这段趣事：

　　南野中有一小白花，木高数尺，春开，极香，野人号为郑花。王荆公尝欲求此花栽，欲作诗而漏其名，予请名山矾。野人采郑花以染黄，不借矾而成色，故名山矾。海岸孤绝处，补陀山译者谓小白花山，予疑即此花尔。不然，何以观音老人端坐不去耶。

补陀山即普陀山。观音菩萨为何爱上那里？原来是为了那些山矾花哩。"北岭山矾取意开，轻风正用此时来"，风吹花开，或是花开风吹，都是人间盛事一桩的。

山矾之名有没有被王安石采用，不得知。自那之后，倒是有不少开白花的植物，被唤作山矾了。其中有的是海桐，有的不是。我的判断是，秋天里盛开的山矾不是海桐，大寒里盛开的山矾也不是海桐，海桐应该是陆游《初暑》里的样子："山鹊喜晴当户语，海桐带露入帘香。"

现在，海桐已成了寻常植物，它被修剪成球状，在路边蹲着。或是干脆做了人家的篱笆。这样降低身份它也无所谓，在哪儿不是一样开花呢？它就欢欢喜喜开着它的花了。黄昏时我外出散步，总能遇到一些。它还像从前一样，浅浅地甜着、幽幽地香着。某天，我邂逅一只闯入它家的蜜蜂。只一只，不知打哪儿飞来的。这只蜜蜂也许只是好奇了一下，想看看海桐的家里到底藏着些什么，它本没有打算长住。谁想到它会沦陷呢！它大约没见过这么多的甜和香，简直跟井水一样多啊，源源不断着。它贪心了，喝了一口又一口，直到醉了。我看到它时，它正醉醺醺的，伏在一簇海桐花上打着饱嗝，肚子撑得快裂开来了，连屁股都变得圆滚滚的。翅膀敛着，它是飞不起来的了。我伸手帮它的忙，想让它飞起来。它扑棱一下，又一头栽下去。

你这是何苦呢？又没个谁跟你抢，这么多的海桐花哎，我对这只蜜蜂说。说完，却暗自羞赧，假如我是只蜜蜂，未必不比它更贪心啊。人的贪心有时比蜜蜂更甚哩。

楝花临水荜门开

我十岁那年，我家搬了一次家，搬到一棵高大的苦楝树旁。那是一个土墩子，墩子上只长了一棵苦楝树，是无主的、自然生长的那种。村干部当时大手一挥，对我爸说，既然你们家搬来了，这棵树就是你们家的了。我爸竭力忍住溢出嘴角的笑，假装谦让道，这哪成呢？村干部却不在意地再次挥一挥手，没事没事，反正是棵野树。然后背着手走了。我爷爷在旁边栽上竹子，后来蔚蔚成一片竹园，这棵树便成了我家竹园里的统帅，无比威武地矗立在那儿。有一回，我偷听到我爸和我妈的谈话，我爸说，这棵楝树至少有四十年了，没想到村里没收钱，白白送给了我们，以后留着给两个丫头打嫁妆。

我大大地欢喜起来，这是给我和我姐做嫁妆的树啊。我对它的感情，就非同一般起来。乡下这类的树也是常见，在河边呀，在沟旁呀，在人家屋后呀，都会长着一两棵的。可它们不是我的树。我在树干上刻上我的名字，心里藏着一个秘密了。

我是长大后才知道它的大名叫苦楝。吾乡人大概不喜欢那个"苦"字，尤其让一棵树背上"苦"字，怎么也过意不去，所以直接

61

叫它楝树。它比槐树好，枝干上没有刺，我们小孩子爬树玩，都拣楝树爬。噌噌噌就上去了，骑坐在高高的树丫间，俯仰一个世界啊，真威风。我跟哪个小伙伴要好，我才会允他来爬我家的这一棵。我家的这一棵比别处长着的都要好，它真是又高大又俊美，蓬蓬勃勃的树冠，像把巨伞，撑在竹园上空。

暮春时节，一树楝花开，香喷喷的，空气中满是它的味道。那个时候，桃花落了，梨花落了，菜花落了，桐花落了，它却鼎盛起来。淡紫色的小花，像孩子们玩的小风车似的，一撮撮在树上旋转，密集得都看不见它的叶子了。衬得下面那些绿竹子，猗猗复猗猗。却没有多少观众，除了一些好热闹的鸟雀。还有我，时不时地仰了头看它。因为它是我的树。

一夜雨横风狂，打落下许多楝花，碎碎的柔粉浅紫，铺了一地，如梦似幻。我跑去捡，捡了许多许多。我奶奶说，你没得事做，捡楝花做什么呀。我也不知道我捡了做什么，只是喜欢着。楝树的花真是好看啊，秀秀气气的五瓣花，白中带紫。花蕊也是紫色的，颜色极深，像条紫色的毛毛虫，作势着要从花心里爬出来。凑近了闻，有一股子细细的香，幽幽飘出。晚唐诗人温庭筠写苦楝花，说它是"天香薰羽葆，宫紫晕流苏"，夸得倒是恰如其分呢。

秋天，苦楝树的果子掉落一地。结结实实的小圆果子，金黄色，跟弹丸似的，闻起来一股子的苦味。大概这是叫它苦楝树的缘故。我们小孩子在口袋里装满了，遇到什么打什么。有时互掷着玩，被结结实实打一下，真是疼。男孩子用它做天然的弹丸，拉起弹弓，对准树上的鸟，啪一下射出去，惊得树上的鸟四下飞散。

我家的那棵苦楝树，后来被我爸伐去。至于做什么用了，我是说不清的了，反正没给我做嫁妆。我结婚时，早就不用那些老式的嫁妆了。暮春时，我走过老城区，在一条河边，看到了一树楝花，倚在河畔开着。我停在那儿，百转千回地看着。"楝花临水荜门开"，我想到明代文人范汭写的诗句。现在没有荜门了，只有高楼，我隐隐的，竟有些惆怅了。迎面吹来的风，却好得很，是最宜人的楝花风。它再吹上一吹，夏天也就来了。

蔷薇几度花

喜欢那丛蔷薇。

与我的住处隔了三四十米远，在人家的院墙上，趴着。我把它当作大自然赠予我们的花，每每在阳台上站定，目光稍一落下，便可以饱览到它：细长的枝，缠缠绕绕，分不清你我地亲密着。

这个时节，花开了。起先只是不起眼的一两朵，躲在绿叶间，素素妆，淡淡笑。还是被眼尖的我们发现了，我和他几乎一齐欢喜地叫起来："瞧，蔷薇开花了。"

之前，我们也天天看它，话题里，免不了总要说到它。——你看，蔷薇冒芽了。——你看，蔷薇的叶，铺了一墙了。我们欣赏着它的点点滴滴，日子便成了蔷薇的日子，很有希望很有盼头地朝前过着。

也顺带着打量从蔷薇花旁走过的人。有些人走得匆忙，有些人走得从容。有些人只是路过，有些人却是天天来去。想起那首经典的诗："你站在桥上看风景，看风景的人在楼上看你。"这世上，到底谁是谁的风景呢？——你是我的，我也是你的，只不自知。

看久了，有一些人，便成了老相识。譬如那个挑糖担子的。

是个老人。老人着靛蓝的衣，瘦小，皮肤黑，像从旧画里走出来的人。他的糖担子，也绝对像幅旧画：担子两头各置一匾子；担头上挂副旧铜锣；老人手持一棒槌，边走边敲，当当，当当当。惹得不少路人循了声音去寻，寻见了，脸上立即浮上笑容来，"呀"一声惊呼："原来是卖灶糖的啊。"

可不是嘛！匾子里躺着的，正是灶糖。奶黄的，像一个大大的月亮。久远了啊，它是贫穷年代的甜。那时候，挑糖担的货郎，走村串户，诱惑着孩子们的幸福和快乐。只要一听到铜锣响，孩子们立即飞奔进家门，拿了早早备下的破烂儿出来，是些破铜烂铁、废纸旧鞋等的，换得掌心一小块的灶糖。伸出舌头，小心舔，那掌上的甜，是一丝一缕把心填满的。

现在，每日午后，老人的糖担子，都会准时从那丛蔷薇花旁经过。不少人围过去买，男的女的，老的少的，有人买的是记忆，有人买的是稀奇——这正宗的手工灶糖，少见了。

便养成了习惯，午饭后，我必跑到阳台上去站着，一半为的是看蔷薇，一半为的是等老人的铜锣敲响。当当，当当当——好，来了！等待终于落了地。有时，我也会飞奔下楼，循着他的铜锣声追去，买上五块钱的灶糖，回来慢慢吃。

跟他聊天。"老头儿。"——我这样叫他，他不生气，呵呵笑。"你不要跑那么快，我们追都追不上了。"我跑过那丛蔷薇花，立定在他的糖担子前，有些气喘吁吁地说。老人不紧不慢地回我："别处，也有人在等着买呢。"

祖上就是做灶糖的。这样的营生，他从十四岁做起，一做就做了五十多年。天生的残疾，断指，两只手加起来，只有四根半指头。却因灶糖成了亲，他的女人，就是因喜吃他做的灶糖，而嫁给他的。他们有个女儿，女儿不做灶糖，做裁缝，出嫁了。

"这灶糖啊，就快没了。"老人说，语气里倒不见得有多愁苦。

"以前怎么没见过你呢？"

"以前我在别处卖的。"

"哦，那是甜了别处的人了。"我这样一说，老人呵呵笑起来，他敲下两块灶糖给我。奶黄的月亮，缺了口。他又敲着铜锣往前去，当当，当当当。敲得人的心，蔷薇花朵般地，开了。

一日，我带了相机去拍蔷薇花。老人的糖担子，刚好晃晃悠悠地过来了，我要求道："和这些花儿合个影吧。"老人一愣，笑看我，说："长这么大，除了拍身份照，还真没拍过照片呢。"他就那么挑着糖担子，站着，他的身后，满墙的花骨朵在欢笑。我拍好照，给他看相机屏幕上的他和蔷薇花。他看一眼，笑。复举起手上的棒槌，当当，当当当，这样敲着，慢慢走远了。我和一墙头的蔷薇花，目送着他。我想起南朝柳恽的《咏蔷薇》来："不摇香已乱，无风花自飞。"诗里的蔷薇花，我自轻盈我自香，随性自然，不奢望，不强求。人生最好的状态，也当如此罢。

一河树色，几声蛙鸣

我喜欢伸向丛林中的小径，曲曲弯弯，不知要把我带到哪一棵树哪一棵草哪一朵花的家里去。能去树木花草家里做客，是件多么让人荣耀和愉悦的事情。

我喜欢走着走着，突然被一棵树挡了道。我停下来，仰望它，觉得它身上有草莽英雄气。它要守护的，是这一方的鸟鸣、草长和花开。我跟它打招呼，嗨，你好啊。我不会打搅这里的宁静，我会把脚步放得更轻些的。

我喜欢草丛里忽然冒出的石竹和锦葵。它们有着夏天的热烈，随时随地都在热烈地笑着，一副要跟你促膝谈心的模样。我也不急着走，有什么事比一朵花的挽留更重要呢？

每一朵花，都生着翅膀——这是我的新发现。它们努力地做着飞翔的准备。或者这么说，它们一直在自己的天空中飞翔着，自由自在，有着自己明确的方向——坦诚些，再坦诚些；明丽些，再明丽些，把每一粒光亮，都当作生命的种子收藏。在很多时候，我们人活得其实很是茫然，绝对不如一朵花自在。我们不知道那是为什么。但如果我们肯花时间站到一朵花跟前，跟它聊聊天，有些答案，会渐渐浮现。

我喜欢跟着一阵微风，走进一片绿里面去，"绿阴幽草胜花时"。眼前铺展开来的是数不清的绿，嫩绿、浅绿、淡绿、粉绿、碧绿、青绿、翠绿、黄绿、墨绿……一个绿绿的世界，丝毫不比花的世界逊色。它宽广，幽深，你只觉得呼吸被净化得一尘不染了。似乎从来没有这么干净过，干净得成了一粒绿。

我喜欢突然撞见一只小动物，比如黄鼠狼。它唰的一下，从我脚前溜了过去，溜到一丛绿植里。从前在乡下，太熟悉这小东西了，我们去哪个塘边玩耍，冷不丁的，它从芦苇丛里钻出来，又迅速钻进去。身子跟猫差不多大，模样也长得跟猫类似，名声却不大好，据说爱偷鸡摸狗的。民间的声音便一边倒地喊打，搞得它只能藏头藏尾地，躲在暗地里生存。人总是站在自己的立场上去判断是非，植物们却从不这么想，它们慷慨地接纳着每一个生命，分撒着它们的每一丝明丽、清澈、芳香和好意。

夜幕之色，渐渐在绿树顶上合拢。临河的树丛里，响起几声蛙鸣。我的耳朵一个激灵，咦，青蛙叫了？脑中冒出"一池草色万蛙鸣"的诗句来，诗中的景象，绝对是夏天最好的景象。我却不贪，我不要万蛙来鸣，只要这一两声也就够了，兼着一河树色。我绕着河边，一圈一圈走着，在万绿的拥抱中，在一两声的蛙鸣里。

春日断章

一

二月末，风带着春的好意了。

晚上，外出散步，风吹在脸上，有暖意，且带着花香。是梅花的香。是结香的香。也有别的什么花的香。白天，我看到河边几丛迎春花，已星星点点绽放出欢颜。春天的花，说不清。

天空越来越明晰，星星看上去也像花朵，开在天上。这样的春天夜晚，叫人愉悦。尤其是有船只驶过一河的水去，水声哗哗的，怕痒痒似的，笑成一团。真是好啊。

月下的光景，又颇有一番看头。尤其是现在，树木尚未葱茏，那些还光秃着的栾树的枝条、合欢的枝条，在月光的浸润中，显得娟娟袅袅，很有几分艺术家的气质。

有两只鸟，窝在一棵樟树上聊天。唧唧，啾啾，婉转极了。这大晚上的，它们居然没睡，在聊天！还伴着长长的笑声，和翅膀扑动的声音。暗夜里，它们瞎高兴什么呢！是春天万物复苏，让它们高兴？还是一个冬天过后的久别重逢，让它们高兴？还是白天遇上什么好事儿了，让它们高兴？

我站在那儿听它们交谈，听了很久。

我替它们守着这个秘密。我也很高兴。

二

江南的梅花，早已沸沸成一段往事了。江北的梅花，才刚刚抵达。一切都还新鲜着，我也只当是初见。

黄昏时出门，一路看过去。有时是和几只鸟一起看。鸟停在柳树上，看着一旁的梅花，也不鸣啭，也不跳动，一副痴迷好奇的样子。我看看鸟，看看花，笑了。

有时，是和几只小蜜蜂一起看。小蜜蜂们忙得很，万千朵梅花，它们不知先吻哪一朵才好，在花上面乱飞，举棋不定，惆怅得很。我也替它们惆怅，真的无法挑选呢，每一朵，都美得独一无二。

朱砂梅最惹眼。刚盛开时，花瓣红得浓艳欲滴，特别热烈。似小小少年，被理想的激情充溢着，血脉偾张的模样。开着开着，激情渐渐冷却，浓艳的红，浅淡了些许，变成胭脂粉——少年成熟了，变成大气稳重的青年了。一棵树上，既有少年的热情，又有青年的大方，浓淡相宜，疏密有致，构成绝美的风景。

我终于等到小蜜蜂，跟一朵花吻上了。它撅着小小屁股，头整个地埋进花朵里，完全地陶醉了。它和春天吻上了。夕照的光芒，像飘拂的丝线，一根一根拉下来。暖风轻轻拂着，一切，妙不可言。

一老人牵狗路过。狗停下来嗅花。我抬头，冲老人笑了笑。他有些惊讶，还我一个笑，走了。走不几步，复返回来，问我："哎，你是不是姚三家的春兰?"

我一愣："不是啊，我不是春兰。"他有点尴尬，瞟一眼我跟前的梅花，嘿嘿笑着，喃喃道："看着真像，我还以为是呢。"

他走了。我傻乐了很久，想着那个叫春兰的女人。

三

玉兰花开起来真是吓人，那么高的个子，扛着一肩鸽子似的花，白鸽子跟紫鸽子，密密的，不见一枚叶，亮煞人的眼。春风软软吹着，那些"鸽子"像是要飞起来。我跑过去看，脖子都仰酸了。唉，真好看。它们衬得天更蓝了，风更软了，一寸一寸的时光，都种上了相思。

我慢慢往回走，走过一块草地，又被草地上的草给惊着了。草开花，才真叫有趣呢。它们像是从小人国里溜出来的，那么小。有的不过小蚂蚁大小，却也是有模有样的，秀气十足的。一些小草开花，像羞怯的小兽，悄悄的，偷偷的，探出头来，一点红，或是一点黄。我看着看着，笑起来。为它们的小心。它们怕惊扰了什么呢? 怕惊扰了这个春天吗? 真是没道理。

我给它们拍了好些小照。它们每一个，都可以拿来做插图用。我后来又沿着野外的一条小河走，野外的小河，大抵有着相似之处，它们的灵魂里，有着相同的东西。那种东西我说不准。是纯朴也好，是简洁也好，是自由率性也好，是天真厚道也好。茅草呀，蒲公英呀，一年蓬呀，野豌豆呀，小野菊呀，它们四海为家。它们远走天涯也不怕。我也总能遇见它们，每遇见，必弯腰，细细打量，就差热泪盈眶了。

请原谅我，我愿意沉浸在这样的自然里。"久在樊笼里，复得返自然。"很想念那个叫陶渊明的人，他是自然的知音。

四

太阳光照着我的斑叶竹节秋海棠。本来就像喝醉了酒的叶子，越发醉得厉害了，红得透透的。

还有两盆康乃馨，花朵儿被太阳光一抚摸，就很不争气地想恋爱了，小脸儿羞得潮湿湿的。

铜钱草最过分，它把每一枚叶子，都当碗来使，贪婪地装满阳光。看过去，好似怀抱珍珠。

世上最美之物，原是光啊。

五

一片林木下，开满了菜花，像铺着厚厚的地毯，树木倒成了陪衬。让我有种冲动，想奔过去，就地打个滚，染它一身金黄。

平地上开满菜花，像摊开了一席华丽丽的桌布，上面摆上杯盘碗盏。知己二三人，围桌而坐，斟上春风几缕，蘸上春光几滴。哦，那些花啊朵的，还有那些嫩绿与鹅黄，桃粉与梨白，哪一样，都能拿来作下酒菜。不饮也醉。

坡地上的菜花，则显得有些调皮了。我老疑心它们长了脚，集体商讨着要干一桩大事。这桩大事，一定和春风有关。它们要和春风一起私奔。

我在城外，遇见一户人家，独独的一户。两层小楼，有些陈旧。门前有坡，坡前是河。浚河的泥土堆积成坡的吧？坡上全是菜花，通黄通黄的一坡。它们活蹦乱跳地奔着房子而来，快到窗前才刹住了脚。似乎在踌躇，似乎为它们的莽撞有些不好意思了。它们窃窃私语一番，踮着脚朝窗内张望。窗内有人吗？——我多么希望有。那人也在窗内望着一窗的菜花，充满探究，充满深情。春天，谁都怀着一个盛开的小秘密。而因这个小秘密，陌生的，也可以成为同谋，在一刹那间完成心灵交融。比方说，花与蝴蝶。花与蜜蜂。小草与春风。泥土与虫子。星辰与露珠。它们在春天相遇，粲然一笑，心照不宣。

我站着等，看菜花们终将奔到哪里去。我看到它们掉转头，齐齐奔向坡前的河里去。河里一河的春水荡漾。春水，多好！春水碧于天。一切只要沾上"春"，便都有了勃勃生机。春风，春雨，春月，春光，还有春云。春水里倒映着几朵春云，如梅花瓣似的，荡着，又轻又软。春云春水两溶溶。

菜花们惊呆了。它们站在河边，勾着头，朝水里面张望。水里面倒映着它们黄灿灿的影子。它们对影顾盼，好奇地相问，那是谁？那是谁？它们根本没想到，自己会这么美。

我在它们身后，告诉它们，这是你们呀，春水映着的春花啊。是的，我想把菜花就叫作春花。春花，春花，没有它们，一个春天该是何等寂寞！

春风十里，春花十里。

夏夜之声

夏天的夜晚，出门散步，是件幸福事。人似乎是踩在琴弦上了，或是鼓点上了，每一步里，都有音符在蹦跳，在流淌。

这个时候的大地，就是一架上好的琴，或是鼓。风也来弹唱，露珠也来弹唱。最忙的乐师和歌手，该数虫子们了。高手如林。

连续多日不下雨，青蛙们是懒得出来的了。除非去乡下，到稻田里可寻些。或路过某个池塘，可听到它们一展歌喉。别的地方，也就偶尔听得三两声，都是不成气候的。大多数时候，这夏夜的舞台，是交给虫子们的。

蝉是不消说了，那家伙太高调了。也难怪，谁让人家天生技艺超群呢！若是在昆虫世界里搞个歌唱比赛，它非拔得头筹不可。它会的乐器种类应该不少，一会儿像敲着架子鼓，一会儿像弹着吉他，一会儿又像在拉手风琴。有时，你走到一棵树下，会被它的大嗓门吓一大跳。它绝对是蓄意的，就等着你走近了，突然"吱——"的一嗓子，绝对的高音。这爱恶作剧的家伙！发出的声音跟金帛撕裂似的。不，不，比金帛撕裂要强烈得多，简直是拿了大号在吹。且个带气喘的，一口气能吹上十里八里去。

倘若你刚好经过一片林子，那就不得不听听它们的大合唱了。林子里埋伏着成百上千只的蝉，人来疯似的，比赛着甩出高音和长音。是 C 大调呢，还是 D 大调呢？一时也难分清。只觉得那声势的浩荡，不亚于一场狂风骤雨，哗啦啦，哗啦啦，大珠小珠落玉盘。

哎，耳膜子真有些吃不消了，赶紧走吧。走过这片林子，是草地，是花丛。春天结香开着一团一团鹅黄的花，香得呛人。鸢尾花和虞美人，则是用色彩说话的，隔老远就瞭得见那一片绮丽。现时，它们的花期早过，叶很茂密。蟋蟀、纺织娘，还有别些个小虫子，把这里当作乐园，它们在里面谈情说爱生儿育女，喁喁情话一箩筐。

蟋蟀在乡下，是叫蛐蛐儿的。这得名于它的叫声，蛐蛐，蛐蛐。虽声音有时也很嘹亮，但比起蝉来说，要文雅得多了。也有野趣，却不吵人。有老人背井离乡，跟着儿女到北京城里住，日夜思念老家，茶饭不香，夏天尤甚。老人说，听不到蛐蛐儿叫了。孝顺的儿女，就托人捉了几只老家的蛐蛐儿来，用笼子养着，挂在老人的床前。蛐蛐儿们很善解人意，它们能从夏天，唱到秋天，唱到冬天。老人从此胃口大开。我信，蛐蛐儿会唱一首思乡曲，慰了老人思乡的心。

纺织娘是适合唱越剧的。你且听它唱来："轧——织，轧——织。"轻轻的，轻轻的，如此反复，时轻时重，时缓时疾，缠绵悱恻。又突然的，"织呀——"一声长调，像薄绸子飘向天空。极容易让人想到"纤纤擢素手，札札弄机杼"那样的诗句来，夏夜因它，变得很有些古意了。

另一些虫子的声音，唧唧的，如细浪逐沙，又如梦呓。站着倾听一回，听得心里面，泛起浪花朵朵。不知不觉，夜深了，该回了。

夏日断章

一

天上的月亮洁白丰腴，像朵白莲花，开在天上。

我便又有些贪了，在一条林荫道上，来来回回走。月光铺在上面，很厚很软，我的脚底下，似乎被装上了弹簧。

环境影响心情，心情也反照着环境的。我和月亮，两两相望，各生欢喜。

草木清香。有虫子蛰伏其间，喁喁低唱。我很想知道，它们的曲子里，有没有一首是关于今晚的月亮的。一些蛙早就憋不住了，它们不等真正的夏天来临，也不等雨季来临，它们守住一片水域，敲起了战鼓，呱呱呱，呱呱呱，试要跟谁比天下。它们想跟谁比天下呢？

我说，你闻，月亮是有味道的。

那人便夸张地嗅一嗅鼻子，笑道，是，我也闻到了。

这味道像什么呢？我们辨别着。是花的吗？是草的吗？是叶子的吗？是河水的吗？空气是那么清冽。风吹着清凉。河里有船，忙碌穿梭，驮着一船灯火。有好一刻，我们挨在一起，站在暗夜里，微笑，不说话。却有芬芳的气息，环绕在我们周围。

我突然明白过来，那味道，当属于宁静的。

宁静，也是有味道的。恰如一树合欢花开，不张不扬，恰到好处。

二

我的窗外，此刻，正吹着草绿色的风，清凉，舒适。天上几朵活泼的云，撒开脚丫奔跑着。一只白猫，跃过楼前的花坛，钻到一排黄芽树中去了。两个清扫工，倚着一棵栾树，笑谈着什么。一孩子骑着童车，远远而来，后面跟着他的祖母。两个清扫工显然是认识那孩子的，她们一齐高声招呼……

一切都是恰到好处的，因这草绿色的夏季的风。

人的一生中，总能邂逅到这样的风，它拂过我们的灵魂，又从我们的灵魂深处，流淌出来，让一个世界，在瞬间充满芳香。

三

天空真是晴朗得可以，且不说阳光，说说天上的云吧。那些慵懒且任性的小家伙，随意一扬手，一蹬腿，都动人魂魄。我看到它们的小身子，像蛇一样的，在天上扭啊扭啊。又好似谁家养兔子的栅栏忘了关了，一窝一窝的小兔子，蹦了出来。

一个下午，我就浪费在看云上了，浪费得心甘情愿心满意足。这还没完，我还拿笔，在纸上画下了一朵又一朵云。我画得很不像。可是谁能说它们不是另一些云呢，也许在我不留意的时候，它们会跑到天上去。

晚上散步时，看到的云，又是另一番样子了。它们变得老成持重起来，如山峰般的，稳稳坐着，凝眸沉思。我看得笑起来，它们端着的样子，多像一些少年老成的孩子啊。等不及长大，一心想进入成人的世界去，模仿着，故作深沉着。可那稚气的眉眼，分明泄露了他们的秘密。

月亮像只白气球，时隐时现的，飘在那些山峰间。而一两颗星子，则是镶嵌在山峰上的红宝石。

浓阴匝地。月光和云的影子，像些小银鱼，在那些阴影的缝隙里，活泼游弋。天地间，又是说不出的好。我怔怔发呆，忽然对身边的那人，没头没脑说一句，我们要幸福啊！

是的，要幸福啊！今生无所大志，也不贪求，只愿随着天地欢喜，愉悦从容。

路边的一年蓬，在月光下妍妍。我弯腰采了一大捧，算是给今天幸福的一个奖赏。

四

花渐渐隐退，绿开始蔓延。站楼上俯瞰，近处，远处，高高低低的，都是绿。

树顶，披着绿。树下面，铺着绿。每一只鸟的啁啾里，也都是绿。绿荫幽草胜花时，果然。

最喜那绿影斑驳，如水波潋滟。人从那头走过来，像大大小小的游鱼。活泼的稚童，是那小金鱼；老人，则像沉稳的鲤。我会在那绿荫道上来来回回走，我想象我是一条什么样的鱼呢？是一条彩鱼，还是一条白鳞？

我和那人去散步。我们停在枇杷树下吃果子，和鸟一起。鸟吃鸟的，我们吃我们的。新植的枇杷树上，挂着那么多金黄的小果子，甜着呢。我们吃了很多。

遇到李子树，我们又停下来采李子吃。李子太多了，晶莹的紫色的小果子，在枝枝叶叶间闪亮，地上掉落一层。我们吃得牙发酸。他说，我们仿佛回到《诗经》年代了。我笑了。是啊，野有蔓草，露珠晶莹。又野有果子，可以边走边吃。

又遇到桃和梨。桃还青着，梨还青着，小小的一粒粒。尚不能吃。看着，也是叫人高兴的。路边现在遍植这样的果树，春天可以赏花，夏天可以吃果子，真是一举两得。

五

一入夏，鸟儿们是不大睡得着的了。凌晨三四点，就在我的窗外叫，叫得欢快极了。一只叫，百只应。真个有百鸟同庆的意思。它们庆什么呢？我想，它们该是歌唱这夏天，歌唱这丰盛的好日子。绿树成墙、成屋、成帐、成楣，虫子和瓜果，多得吃不掉，它们想吃啥就吃啥，想什么时候吃就什么时候吃。对于鸟儿们来说，这是大幸福了。

想起听来的一笑话。一乡下朋友，种十来亩地的西瓜。西瓜眼见着成熟了，丰收了，可喜鹊们却毫不客气地先来品尝。朋友很气恼，丢石子掷打，持了长竹竿驱逐。等他一转身，一大群喜鹊来了，它们在这只西瓜上啄一口，又到那只西瓜上啄一口。满田看过去，都是喜鹊，根本赶不走。

原来，喜鹊记仇呢。我不过尝你两口西瓜，你就对我又打又杀，好，那我索性吃个够！——我喜鹊也不是好欺负的。

再遇到喜鹊啄瓜，朋友学聪明了，只轻轻在旁边哄上两句，你吃上两口就走呀，不要糟蹋了满田的瓜呀。喜鹊点点头，看看朋友，心说，这才对了，我们本该和平共处有瓜共享的嘛。它们没有再糟蹋瓜，真的只啄上几口，尝一尝好滋味，也就飞走了。

万物有灵。

所以，我信世间一切，皆各有各的情义。

菊有黄花

一场秋雨，再紧着几场秋风，菊开了。

菊在篱笆外开，这是最大众最经典的一种开法。历来入得诗的菊，都是以这般姿势开着的。一大丛一大丛的，倚着篱笆，是篱笆家养的女儿，娇俏的，又是淡定的。有过日子的逍遥。晋代陶渊明随口吟出那句"采菊东篱下"，几乎成了菊的名片。以至后来的人们，一看到篱笆，就想到菊。唐朝元稹有诗云：秋丛绕舍似陶家，遍绕篱边日渐斜。秋水黄昏，有菊有篱笆，他触景生情地怀念起陶翁来。陶渊明大概做梦也没想到，他能被人千秋万代地记住，很大程度上，得益于他家篱笆外的那一丛菊。菊不朽，他不朽。

我所熟悉的菊，却不在篱笆外，它在河畔，沟边，田埂旁。它有个算不得名字的名字，野菊花。像过去人家小脚的妻，没名没姓，只跟着丈夫，被人称作吴氏、张氏。天地洞开，广阔无边，野菊花们开得随意又随性。小朵的，清秀，不施粉黛。却色彩缤纷，红的黄的，白的紫的，万众一心齐心合力地盛开着。仿佛一群闹嚷嚷的小丫头，挤着挨着在看稀奇，小脸张开，兴奋着，欣喜着。

对世界，是初相见的懵懂和憧憬。

乡人们见多了这样的花，不以为意。他们在秋天的原野上收获，播种，埋下来年的期盼。菊们兀自开放，兀自欢笑，与乡人们各不相扰。蓝天白云，天地绵亘。小孩子们却无法视而不见，他们都有颗菊花般的心，天真烂漫。他们与菊亲密，采了它，到处乱插。

那时，家里土墙上贴一张仕女图，有女子云鬓高耸，上面横七竖八插满菊，衣袂上，亦粘着菊，极美。掐了一捧野菊花回家的姐姐，突发奇想帮我梳头，照着墙上仕女的样子。后来，我顶着满头的菊跑出去，惹得村人们围观。"看，这丫头，这丫头。"他们手指我的头，笑着啧啧叹。

现在想想，那样放纵地挥霍美，也只在那样的年纪，最有资格。

人家的屋檐下，也种菊。盛开时，一丛鹅黄，另一丛还是鹅黄。老人们心细，摘了它们晒，做菊花枕。我家里曾有过一只这样的枕头，父亲枕着。父亲有偏头痛，枕了它能安睡。我在暗地里羡慕过，曾决心自己给自己做一只那样的枕头。然来年菊花开时，却贪玩，忘掉这事。

年少时，总是少有耐性的，于不知不觉中，遗失掉许多好光阴。

周日逛街，秋风已凉，街道上落满梧桐叶，路边却一片绚烂。是菊花，摆在那里卖。泥盆子装着，一只盆子里只开一两朵花，花开得肥肥的，一副丰衣足食的模样。颜色也多，姹紫嫣红，千娇百媚。却还是喜黄色。《礼记》中有"季秋之月，菊有黄花"的记载，可见得，菊花最地道的颜色，是黄色。我买了一盆，黄的花瓣，黄的蕊，极尽温暖，会焐暖一个秋天的记忆和寒冷。

秋日断章

一

降温了。风真凉爽。所谓秋高气爽，说的是现在这个时候吧。

路边的秋蝉叫得激烈，似乎怀着什么紧迫的使命，再不好好叫上几嗓子，就来不及了。也是，夏已转身，它们也该别离了。

我黄昏时出门。天上的云朵，排着队，梳洗穿戴一新，像是要去走亲戚。我随便一抬头，就能看到它们，一个个全是白衣白裙的，洁净得纤尘不染，跟一只只白天鹅似的。我疑心有千万只白天鹅飞上了天，白羽毛纷纷扬扬。

我很想有对翅膀，飞到它们中间去。

一个人在我前面走，影子拉得长长的。云偷偷吻了他的影子，他一点儿也没发觉，继续往前走着。

街边小公园里，有孩子的笑声，如水花四溅。孩子们在快乐什么呢？

我走过，看到他们在相互追逐玩耍。他们的笑声，震落了几朵云。一旁的木芙蓉开着花。那些花，真像是云朵变的。一只蝴蝶绕花而飞。蝴蝶怕是知道这个秘密。

两个老太太赤脚在鹅卵石铺的小径上走，嘴里呵着气，一个说，这样走走，对脚板好。

另一个说，是的，刚开始吃不消，多走走就好了，练练对脚板好。

西边天，太阳的脸，慢慢红了。一群鸽子，唰啦啦飞过。

二

月色朦胧。是真的朦胧，月亮戴上了云的面纱。

月光下，一些树木，站成淑女。有棵树上，一片叶子特别闪亮，它让我好奇。我走过去，发现它小心地盛着月光。像捧着一颗亮晶晶的心。

秋虫在一棵栾树上叫。这几天，它一直待在那棵树上叫，叫得大声极了。我仰头望，想变成一只虫子，爬到树上去，和它一起叫。

木槿花在不远处开。我又想变成一朵木槿花，也跃上枝头去开。

遇到一刮落的树枝，躺在路中央，我弯腰捡起它，把它请进路边草丛里。在那儿，它会化为泥土。它不会再挡了谁的路，绊了谁的脚。我忽然觉得，我弯腰的姿势，一定很美。

三

我顶喜欢夜色将降未降的这段时光。夜的影子,开始在一些枝叶上描着,在一些花草上描着。我走过一大丛木芙蓉旁,我清楚地听见它们说,哦,夜来了,该睡了。它们的花瓣儿,微微合起来,把小小的心安放在里面,——它们是真的准备睡了。

路上的行人,脚步匆匆起来,都是奔着家去的。他们的家,在夜色的描摹下,是个温暖的岛屿。每一个窗口,都将亮起一盏橘黄的灯。灯是夜的灵魂。

鸟儿们归巢了。它们在窝里兴奋地说着白天遇见的一切。一排梧桐树上,不知栖息了多少只鸟儿,它们欢快的呢喃声,汇聚起来,竟如敲着密密的锣鼓,也有排山倒海的气势。

天上的云,描上黛青色的影子,如一座座青青山峰。风把最后一丝光吹走,夜,彻底降临,沁凉,纯粹,安静。

月亮是在晚上七点多升起来的。这时候,我在体育场的跑道上跑步。跑道东边有几排树木,森森的,也是一片林子的样子。树木后边是一条河流,河流的后面是人家,人家的后面就是村庄和田野了。月亮一定是从田野里长出来的。它浑圆饱满得太像秋天的一枚果实了,橘色的。又像一朵硕大的绣球菊。

我看着它慢慢走过来,走上人家的房顶了吧?走到树木的上头,走到半空中,走到天上去,变成一朵硕大的雪莲花。我跑去河边。我如愿又看见了河里的一个月亮。我待在河边很久,幸福得想哭。我遇到这样的月亮,我没有错过这一晚的美。

四

看叶子去。

出门，也就能见着了。我爱我在的小城，它四季分明，从不含糊。每一季都有每一季的鲜明特征，像一个公正分明的人，举止恰当，不卑不亢。

我看到的是紫薇的叶。漂亮得像开了一树红梅。每一片叶子都是花朵，它不声不响地，让它的光阴华丽成这样，真叫我惊奇，一棵树的梦想，是什么呢？开花？结果？是认真度过每一个日子吧。

银杏的叶不要说了，金黄。像贵妃，金钗满头摇晃。我在一棵一棵银杏树下走，拣了两片落叶作纪念。

梧桐树的叶子大，焦黄，像烤熟的芝麻薄饼。给谁吃的呢？我看到几只小蚂蚁在上面忙碌，它们是把它当作温床。

垂柳的叶子黄了也可爱，像金黄的马鞭子，被风轻轻挥着。

有一种树的名字奇怪：无患子。树叶子像小金鱼。一树一树的小金鱼，叫我惊诧。美！我只能这么俗地叹。

树下长椅上坐着两个妇人在聊天。旁边的娃娃车里，一小娃娃手里握着一片金黄的叶子当玩具，他的双眸，认真端详着手里的叶子，那双眸里，映着可爱的金黄。

我给各种树叶拍了照片，它们无须摆造型，就美得惊心。每一张都像水粉画。

冬还没来，秋还在秋天里。

冬日断章

一

冬趣之一，当是闻香。

闻蜡梅的香。

宜在静夜。

这个时候，一切的芜杂，都被黑夜收了。黑夜像什么呢？像一匹光滑柔软的黑缎子，就那么无边无际地罩下来。

蜡梅的香，如潮般涌起，一浪叠过一浪。如果你仔细听，似乎还听到它的咆哮之声。这样的咆哮，并不让人恐慌，反倒是楚楚动人的。

我晚归，走过小区的两棵蜡梅旁，被它们的香，兜头兜脸给泼了一身。夜凉，越发衬出那香的醇厚，仿佛搅拌搅拌，就可以拿它蒸馒头和蒸发糕了。

偏偏又甜。甜得销魂蚀骨，波浪翻滚，后浪推前浪。真叫人受不了！

静夜无尘。看过去，一切的坚硬，都被蜡梅的香，泡得酥软了骨头。

一只猫，蹲在草地的台阶上，盯着蜡梅树发呆。我看了它很久，它也没动。我走过去，弯腰想跟它打个招呼。猫不提防，竟被我吓了一跳，跳起来，喵一声，迅速跑进暗里头去了。

我有些后悔，我打扰了一只猫闻香！

二

我把每个晴和的黄昏，都当作是上天的恩赐。

这样的黄昏，有奇妙无比的云彩，像一群舞姿优美的舞女，随意一个动作，都叫人着迷。绚丽的夕阳，欢快的鸟鸣，还有那随风轻摆的茅花，这一切，与黄昏多么配。

我又追着一个滚圆的落日走。

它永远比我走得快。它很快走过一棵树，又走过一棵树，越过一片水，又一片水。它在洁白的茅花上，洒下点点金粉。我忍不住伸手去摸，我的手指，似也沾上金粉了。

然后，我惊呆在那片湖岸边。我看到夕阳的卵，密匝匝地砸下来，像密集的橘红的雨，一路砸向湖里去。湖水瞬间被染得通红。哦，天，夕阳把卵产在湖里！会孵化出小鱼还是小虾呢？那些螺蛳，也是它的卵孵化出的。甚至那些水草，来年夏天的那些荷和水葫芦花，也有它立下的汗马功劳呢。

万物原都是太阳的孩子。

三

大寒天。

天气却和暖得很，给人春天到来的错觉。

花也错乱了，以为春天真的来了，性急的那一些个，忍不住跑出门来迎了——我散步至通榆河畔，看到一些迎春花已开了，惹我一通好笑，哎，小丫头们，这样的性子，可做不成大事哟。

没有别的花来捣乱，我也终于可以细细打量它们，把它们和连翘的花彻底区分开来：

迎春花花蕾向上，六片花瓣，花朵单生；连翘的花蕾是向下的，四片花瓣，花朵簇生。

迎春花的枝条是绿色的，下垂，实心；连翘的枝条是浅褐色的，不下垂，空心。

迎春花的形状娇小；连翘的形状高大。

一个是美娇娃，一个是英俊郎。

我辨认这些时，是兴致勃勃着的。鸟在一旁叫着。河岸边的柳枝儿随风轻拂着。河里有船缓缓地走着。西边天的一颗夕阳，慢慢儿地红了脸。我以为，这是美好时光。

所有的美好时光，都是由这些微小的细节组成的，彼时的光影、气息，都算。一颗心只有搁到自然里去，才会获得真正的安宁和美好。返璞归真，是每一个生命最终要做的事。

四

雪在窗外下着的时候，我很想跑出去，在雪地里走走。

想雪跋涉了多少的山，多少的水，才到达我这里。

雪轻飘飘的，绵软无力。因着这般，才更惹人怜的吧。柔弱的人，永远比强势的人讨人喜。柔弱，是最不具有攻击性的，然又能克刚。

何况，它还那么洁白。它独占着那一份白，雪白的白。天地万物，都臣服在它的脚下，无一不显露出纯洁、友好的一面来。即便是衰败和腐朽，它也有本事把它们装扮得，如诗如画。

我们说，雪白的冬天。那么，冬天再寒冷，也会因了这"雪白"二字，变得可爱起来。

童话故事，都应该发生在冬天才是。公主和王子的城堡，应该是用雪堆出来的。

雪一片一片落下来时，是静默的，无声的，如凋落的白花瓣。可是，当它们被一双小手，轻轻拢在一起，相互取暖时，它们就有了生命。我看见雪人，端坐在一棵栾树下，想着自己的小心思。有孩子摘下他的帽子，给它戴上。

我很想给这个雪人写一封信。

我也很想给那个摘下帽子的孩子写一封信。

在这个世上，拥有一颗纯洁的心，多么珍贵。

五

意外看见冰凌。

冰凌挂在我的晾衣架上。那里，前日曾有数粒雪，聚在上面叽叽喳喳。

这冰凌，岂不是雪的骨头？

我为这晶莹剔透的骨头，惊叫起来。这不是大惊小怪，实在是现在能见到冰凌的机会，几乎如同中大奖。

小时，我们唤它"冻冻丁"。像唤一个调皮的小伙伴。一夜雨雪，第二天，茅屋檐下，准垂挂着一排这样的"冻冻丁"，长长短短。如琴弦，敲之，有叮当之音。简陋的房子，又如挂上了水晶帘子，像童话里的宫殿了。

这会儿，我看着这"冻冻丁"，心里欢喜，又略略惆怅。

我就这样，遇见了我的小时候。

六

要过年了。

我很欢喜。

我从小就很欢喜。

小时当然有盼好吃的盼好穿的的成分在里面，但我有一个秘密的事，一直没有说，我更喜欢的是，好颜色。那是出现在人的脸上的颜色。

一个屋檐下，我妈和我奶奶的相处通常是剑拔弩张的，你不待见我，我不待见你。但一到过年，两个人都各自收起剑和弩，变得客客气气、和和睦睦，脸上似乎有软乎乎的云朵在飘。那个时候，只要我们小孩子玩闹得不过分，大抵是不会挨骂挨打的。

那个时候，看什么都好，天是好的，地是好的，看家里的羊是好的，猫是好的，哪怕最不喜欢的某个邻居，也是好的了。

世间最好的颜色，莫过于人脸上的。

我也就特别喜欢在要过年的当儿，上街看人了。人人脸上都是笑嘻嘻的。蹬三轮车的女人脸上是笑嘻嘻的，说要过年了，外出的人都回来了，生意多了。扫地的清洁工脸上是笑嘻嘻的，说女儿单位刚分了年终福利，米啊油的一大堆。卖菜的老头脸上也是笑嘻嘻的。他卖完青菜，到隔壁花棚里，捧了一盆水仙花回去。

有什么不痛快的事，过完年再说吧。

第三辑
小扇轻摇的时光

月亮升起来，盈盈如水。恍惚间，
月下有小女孩，手执小扇，追着扑流萤。

那一册一册的光亮

冬天的天黑得早，往往六点不到，夜已经把村庄给结结实实抱住了。炊烟熄了，鸡进窝了，羊不叫了，人语声也渐渐低下去。很快，一个村庄安静下来。我在心里面做着挣扎，要不要出门去呢。伸头到门外看，一股寒风拂面，天上朦胧着一个月亮。

彼时，我十二三岁。听多了乡人们讲的鬼故事，是顶怕走夜路的。然强烈的出门欲望，还是战胜了寒冷和恐惧，我把自己裹得严严实实，出门了。我要去六里地外我的语文老师家里借书回来读。长夜漫漫，对我来说，倘若没有书可读，实在难熬。

是的，我爱读书。然我家里太穷，根本没有钱买书，我只能靠借。我的语文老师拥有一箱子的藏书，因我的语文成绩突出，他借过我两本，我起了贪婪心，想要把他一箱子的书全部读完。

我一个人走在夜色中，月亮的影子，在地上忽隐忽现。风从田野尽头吹过来，带着霜的清寒。不时有狗吠声响起，村庄显得越发静了，静得像口古井。我听到自己的脚步声，嚓嚓嚓的，落在渐渐冻得硬实的泥地面上。我不免战战兢兢，生怕从阴暗处的草垛子后面钻出个什么东西来。然一想到就快到老师家了，我又勇气倍增，脚步变得轻快起来——那一箱子的书，很像蜜甜的果实，在前头牵引着我，芳香四溢。

老师正在灯下批改作业，看到披着月色而至的我，惊讶得张大了嘴。他亲自去箱子里挑出两本书，塞我怀里，送我至屋后。高大的老师，低下头看我，脸上有月色荡漾，他伸手轻轻抚了抚我的头，说，你真是个好孩子，好好读书吧，将来定会有出息的。我狠狠点头，满心激荡着欢快，怀里抱着两本书，就像把全世界的幸福都抱在怀里了。

三年后，我以优异的成绩进了城里读高中，黝黑着一张脸，穿着我妈纳的棉布鞋，背着我妈缝的花格子书包，走在一群白衣飘飘神采飞扬的城里孩子中间，很有些格格不入。我拼命把自己藏起来，沉默寡言，自卑得如一根狗尾巴草。

幸好，我遇到了书。

学校有间阅览室，十来平方米，里面陈列着不少书籍。看管阅览室的，是个微胖的中年妇人，我常去帮忙打扫阅览室，讨得她的欢喜，一本书一本书地向她借阅。当我捧起书，我立即把自卑丢到九霄云外去了，进入另一个世界里，快意徜徉。那个世界里，有庄子的大智慧。庄子说："天地有大美而不言，四时有明法而不议，万物有成理而不说。"真正的愉悦和美，原是来自内心的简单、清宁和谦卑；那个世界里，有刘姥姥的大慈悲。她同情贾府贵族们的"贫血"，甘愿装疯卖傻逗他们一笑。后又在危难之际，救王熙凤的女儿于水火之中。这样的慈悲，才是人类真正的高贵；那个世界里，有简·爱的尊严。简·爱铿锵有力地说："我们的灵魂是平等的，就如同你我走过坟墓，平等地站在上帝面前。"她的觉悟，是无数生命的觉悟；那个世界里，有郝思嘉的百折不挠。郝思嘉说："毕竟，明天又是新的一天。"我如听天籁，如得神启。合上书，我默默微笑，是的，走下去吧，明天又是新的一天。

当年那个贫穷且自卑的女孩，就那样，被一册一册书籍照亮。虽身处孤独，而不寂寞。虽经受贫穷，而不丧志。虽遭遇挫折，而不气馁。她终走到她的光明处，活出了生命应有的温度和清明。

桃花红

　　我家为什么不种桃树呢？这个简单的问题，几乎困扰了我的整个童年。

　　家前屋后，地方宽敞得很，栽一两棵桃树，完全是游刃有余的事，却偏偏没有。问过我爸，我爸说，那时，饭都不得到嘴了，哪有那闲心思栽桃树啊。

　　说得也是。穷家里，整日里为吃上口饱饭而奔波。桃子是仙盘中的物，是沾不了人间烟火，当不了饭吃的。

　　却有人家种着桃树的，在院前。最惹眼的是春暖花开时，一树的桃花，红粉飞溅，如霓裳曼舞。衬得树下走着的人，也如在画中走着般的，寻常茅舍，看上去好似瑶台仙阁了。彼时，天空安静，大地安静，只剩下一树桃花，在不要命地开呀，开呀。

　　桃树挂果时，逗引得我们小孩子肚子里的馋虫，不舍昼夜地爬着。我们有事没事，就转到那棵桃树底下去了，仰着头，充满渴望地望着。粒粒青果，在我们的仰望中，渐渐长大，饱满了，欢实了。但到底是人家的树，再怎么望，也只能是望望而已。

　　我姐领着我偷过一回桃。那种惊险，是不消说的，惹得狗叫人追的。好不容易偷摘到一只，我们躲在晒场后的草垛子里，一人一口，分着吃了。那是我吃过的最甜的桃。长大后，我吃过无数的桃，浙江的，上海的，无锡的，都是当地出了名的特产水蜜桃，都不及我小时吃过的那只桃甜。

我和我姐坐在田埂上，桃子甜蜜的气息，仍留在唇齿间，周围的空气都是甜的呀。晚霞红彤彤的，像有无数的小金鱼，在西边天上游曳。鸟雀们喧闹着从我们头顶上空飞过。我姐望着西边的天，眼神迷离，无限憧憬地说，长大了，我要嫁给种桃树的人家。

我深以为然，拼命点头，跟着她后面向往。

黑辫子家也种有一棵桃树的。

就让我叫她黑辫子吧，我是不知道她的名字的。

吾村下设八个生产队，各生产队之间，往来不多，虽是同村，见面了也未必相识。我家在四队，黑辫子家在二队，且她比我大很多，就算很多次碰见过了，也还是陌生人。

我上村小学，是要从黑辫子家门前经过的。那里人家密集，两排茅舍，一家挨着一家，鸡犬相安无事。一条小路，东西横亘，小蛇一样的，从两排房子中间穿过。路旁杂草丛生，由着它们的性子长，有的都长到小路上来了。也长树，槐树或是苦楝树，全无规则地长着。上学的路上我从不寂寞，踩着草的影子树的影子，一家一家看过去。

黑辫子是什么时候吸引我注意的，我记不清了。记忆里，是那样水粉艳阳的天，她家门口的桃花开得轻舞飞扬，云蒸霞蔚般的。我从那里走过，看着一树的花，很是诧异。美有时是让人惊慌的。怎么可以，怎么可以那样！我虽是小孩，被这样的美突然撞了一下，也是吃惊得很的。

然后，我就看到了黑辫子。我从那里走过无数次，却是头一回见到她。她的人，比桃花更令我惊异。她个子高高的，穿一件红格子衫子，脸庞圆润，眼神清亮。应该新洗过头发了吧，她长长的黑发如瀑，披散着，手里抓把木梳子，站在一树的桃花底下梳着头发，一边梳，一边扭头和屋内的人说话。她整个的人，仿佛罩着水粉，是柔风吹皱春水，叫人生生地陷进去，只管傻傻地看着，不知道怎么办才好。

她很快编好长发，一条粗黑的长辫子搁在胸前，花影飘拂，她好比是万千朵花镶成的一个人。她突然发现了呆站在那里的我，愣一愣，冲我笑了一笑，进屋去了。一地的红粉艳阳，也被她带进屋子里去了。

我变得很爱走那条小路了，上学放学，每天四趟。

走到黑辫子家门口时，我总慢慢磨蹭着，对着黑辫子家东张西望，是想看到黑辫子。黑辫子有时在家，有时不在。我看见过她妈妈，很矮小的一个妇人，上了年纪，我该叫奶奶才是。也看见过她哥哥。她哥哥长得矮壮，跟她完全是两个样子。也看见过她嫂子，瘦瘦的，高颧骨，面相看上去有些凶。她哥哥有两个小孩，一个女孩，一个男孩，女孩比我略小一些，男孩跟我姐差不多大。男孩有次不知犯了什么错，被她哥哥捉住，揿在屋门口的地上打，被打得鬼哭狼嚎的。

黑辫子在家时，我也总瞭见她梳着她的长头发，站在门口的桃树底下。长头发被她编成一条粗黑的长辫子，搁在胸前，或垂在脑后。她的人，是比桃花还要艳的。也见她蹲在家门口洗衣裳，袖子挽得高高的，露出小麦色的肌肤。我还见她担水归来，两只水桶，在她的身前身后晃晃悠悠，她不像是在挑水，像是在跳舞。我还听见过她教小女孩唱歌，坐在桃树底下，一字一句："小燕子，穿花衣，年年春天来这里。"声音湿润清甜。她还陪小女孩在家门口跳绳子玩，笑声金豆子似的，撒落一地。

我是羡慕过那个小女孩的，她可以天天跟黑辫子在一起。我心里生出愿望，我长大了，一定要长成黑辫子那样的，留长长的头发，梳黑黑的长辫子。也把袖子挽得高高的，洗衣裳。我也唱歌，也挑水，让水桶在我的扁担上晃晃悠悠。

我还要栽一棵桃树，让它开一树艳粉的花。

那日放学，我照例走过黑辫子家门口。

远远看到一堆人聚在那儿，乱哄哄的，气氛怪异。小路上不断地还有人在往这边跑，边跑边搭着话：

"什么时候的事？"

"也就刚刚。"

"怎么知道的？"

"她妈妈去地里挑羊草回来，发现家里的门被从里面反锁了。"

"唉。"问的人叹息。

"唉。"答的人叹息。

我从人缝里挤进去。眼前暗暗沉沉，天光被遮住了似的，一条粗黑的长辫子，却那么突兀的，从门板上垂下来。我定定神看过去，吃一大惊，门板上躺着的，竟是黑辫子！只见她紧闭着双眼，一动不动，任周围人声鼎沸。村里的赤脚医生吴郎中也在，他拿了粗粗的针，推上药水，扎进黑辫子的胳膊里。

关于黑辫子上吊自杀的事，很快在村子里风传开来。说她看上了一个青年，两个人私下里好上了，并私订了终身。她嫂子却嫌男青年家里穷，联合她哥哥，替她另订了一门亲，是一个做木匠的瘸子，家底丰厚。她嫂子收下瘸木匠不菲的彩礼钱，选定了良辰吉日，要黑辫子嫁过去。黑辫子不同意，早上起来，跟她嫂子大吵了一场，一时想不开，就上吊了。

她那个高颧骨的嫂子，大概听到村里人的闲言碎语了，叉着腰，在家门口跳着脚骂："哪个瞎嚼舌头的在乱嚼舌头？不得好死！"

那个时候，她家门前的桃花谢得差不多了，一地残红。春已走到尾声了。

黑辫子被救活了。

被救活了的黑辫子，却失掉往日的灵气，整日瞪着两只大眼睛，空洞无神地看着一处，痴痴傻傻。

我上学放学，还从她家门口过，每日四趟。也总会看到她，站在门口的桃树底下。她不再拿着木梳子梳头发，把长发编成一条粗黑的长辫子了，而是呆呆地望着一处虚无，傻傻地笑。有时，她会跑到路口来，拍着手跳着唱，东方红，太阳升。东方红，太阳升。如此颠三倒四。

她粗黑的长辫子很快被铰掉了。

她的衣裳，又破又脏。

她趿着一双破布鞋，追着人跑，首如飞蓬。

大人们开始叮嘱自家的小孩，不要从二队那个疯子家门口走，疯子是要打人的。我也被大人们这样反复叮嘱。

我很听话，虽有千般好奇万般不舍，再去上学，却也绕路而走。

年年的桃花仍如约而开，还是那般红粉明艳，婉转清扬。一个村庄，被三五棵桃花点缀着，像荡在云霞中。

小扇轻摇的时光

暑假里，母亲一直盼着我能回乡下住几天。她知道我打小就喜欢吃些瓜呀果的，所以每年都少不了要在地里种一些。待得我放暑假的时候，那些瓜果正当时，一只只碧润可爱，专等我回家吃。

天气热，我赖在空调的房里怕出去，故回家的行程被一拖再拖。眼看着假期已过半，我还没有回家的意思。母亲沉不住气了，打来电话说："你再不回家，那些瓜都要熟得烂掉了。"

再没有赖下去的理由。我带了儿子，冒着大太阳，坐了几个小时的车，回到了生我养我的小村庄。

村庄的人都是看着我长大的，看见我了，亲切得如同见到自家的孩子，远远就笑着递过话来："梅又回家看妈妈啦?"我笑着应："是呢。"走远了，听到他们在背后议论："这孩子孝顺，一点儿也不忘本。"心里面霎时涌满羞愧，我其实什么也没做啊，只偶尔把自己送回来给想念我的母亲看一看，竟被村人们夸成孝顺了。

母亲知道我回来，早早地把瓜摘下来，放在井水里冰着。是我喜欢吃的梨瓜和香瓜。又把家里唯一一台大电扇，搬到我儿子旁边。

我很贪婪地捧了瓜就啃，母亲在一边心满意足地看，说："田里面结得多呢，你多待些日子，保证你天天有瓜吃。"我笑笑，有些口是心非地说："好。"儿子却在一旁大叫起来："不行不行，外婆，你家太热了。"

母亲惊诧地问："有大电扇吹着还热？"

儿子不屑，说："大电扇算什么？我家还有空调呢，你看你家连卫生间也没有呢。"

我立即用严厉的眼神制止了儿子，对母亲笑："妈，你别听他的，有电扇吹着不热的。"

母亲没再说什么，一头没进厨房里，去给我们忙好吃的了。

晚饭后，母亲把那台大电扇搬到我房内，有些歉疚地说："乖乖，让你们热着了，明天你就带孩子回去吧，别让孩子在这儿热坏了。"

我笑笑，执意要坐到外面纳凉。母亲先是一愣，继而欢喜起来，忙不迭搬了躺椅到外面。我仰面躺下，对着天空，手执一把母亲递来的蒲扇，慢慢摇。虫鸣在四周此起彼伏地响起，南瓜花在夜色里静静开放。月亮升起来，盈盈如水。恍惚间，月下有小女孩，手执小扇，追着扑流萤。

和母亲有一句没一句地说着话，重重复复，都是些走过的旧时光。母亲在那些旧时光里沉醉。月色潋滟，我的心放松成一根水草，软软的。迷糊着就要睡过去了，母亲的声音突然在耳边响起："冬英，你还记得不？就是那个跟男人打赌，一顿吃掉二十个包子的冬英？"

"当然记得，长得粗眉毛大眼的，干起活来，大男人也及不上她。"我的瞌睡没了。

"她死了。"母亲语调忧伤地说，"早上还好好的呢，还吃了两大碗粥呢，准备到田里锄草的，人还没走到田边呢，突然倒下，就没气了。"

"人啊。"母亲叹一声。

"人啊。"我也跟着叹一声。心里面突然警醒，这样小扇轻摇，与母亲相守的时光，一生中还能有几回？暗地里打算好了，明日，是决计不回去的了，我要在这儿多住几日，好好握住这小扇轻摇的时光。

麦浪滚滚

五月布谷鸟叫，布谷布谷——像短笛吹奏，清脆的一两声，绕着城市上空，一路向着城外去了。

这笛声牵人，人的脑子里立即现出一幅欢乐丰收图来：一望无际的农田里，麦浪滚滚，像滚着一堆又一堆的碎金子。阳光锡箔似的，在麦浪上跳。

乡下孩子，从小就亲近这样的图画。每闻布谷鸟叫，田里的麦子们，仿佛在一夜之间，全都被镶上了金，乡下村姑成皇贵妃了，华丽且雍容。农人们忙得脚不沾地，麦子要收割了，棉花要播种了。收割前夕，孩子们便有了一大任务，在麦田边看护麦子，驱逐来偷食的雀。这任务孩子们乐意，持了长长的竹竿，很神气地在麦田边奔跑。风吹，麦浪翻滚，一波一波，像黄绸缎铺开来，淹没了小小的人，觉得自己也成一株金色的麦穗了。那景象，镌刻在记忆里，再难忘去。

我们去寻从前的麦浪。一行人，跟着布谷鸟，一路向着城外去。走过一个村庄，再一个，却难见到成片的麦浪了，有的只是零星的。村庄不长麦子了，麦子忙人，村庄的人，却越来越少。村庄只好长别的植物，或干脆长草。

好不容易逮着一个村子，眼睛里跳出一整片的麦地来，大家几乎要欢呼了，立即冲下车去。

小河横亘。有人家在河边居住，三间老平房，屋门落锁。一只狗蹲在家门口，很尽职地守着家。看到我们这群陌生人，狗兴奋地大呼小叫起来，寂静的村庄，一下子有了喧闹的感觉。

我们站在小河的石桥上，打眼四下望。桥下水浅，已看不出水的颜色，全被浮萍遮住。河边有几棵树，歪着长，很有些年纪的样子，倒是蓬勃出一汪生命的绿。树下杂草丛生。杂草丛中，一簇的胡萝卜花，开得恣意，上面蜂蝶忙碌。这是记忆里的村庄，熟悉，又陌生着。

有妇人经过，好奇问，做什么呢？我们答，来看麦子的呢。

哦，今年的麦子不好，她说。脸上的表情，也无风雨也无晴。

我们心里倒是一怔，赶忙跑下桥去看麦子。几块麦地里，麦子倒伏许多，像遭了劫。突然联想到前几日刮的那场大风，横扫天地的架势，麦子们如何能承受。

一老农跟过来，看我们倚着麦地作背景拍照。他慷慨地拔一把麦穗，让我们拿在手上，做拍照的道具用。他说，今年的麦粒也不饱呢。我们低头看，的确是，麦穗轻轻。有点忧心，村庄若是都不长麦子了，城里的面包从哪里来？

太阳打在一片麦子上，闪烁着金色的光芒。一阵风来，麦浪推着麦浪，向着不远处的田边去了。不远处，村人们的房子，像积木搭成的城堡，安静在五月的天空下。天上飘动着一朵朵白，一朵朵蓝，像从前。身旁的老农，弯腰把那把麦穗捡了，拿回去喂鸡。

　　我们回头，经过小桥。河边人家的那只狗，不再吠了。它蹲在家门口，眼光越过河边的杂草丛，安静且温柔地望着我们一步一步走近。狗也是寂寞的，大概已把我们当作熟人了，眼睛里有了挽留的意思。

艾草香

对艾草，是老相识了。

乡村的沟沟渠渠里，一是艾草多，一是芦苇多。它们在那里熙熙攘攘，自枯自荣，世世代代。除了偶尔飞过的鸟雀，平时大概再没有谁会惦念它们。但乡人们都知道，它们在呢，就在那片沟渠里，枕着风，傍着水，枝繁叶茂，不离不舍。一到端午，家家户户门窗上都插上了艾草，满村荡着艾草香。

羊却不爱吃，猪也不爱吃，大概都是嫌它的气味霸道。它是草里的另类，做不到清淡，从根到茎，从茎到叶，气味浓烈得汹涌澎湃，有种豁出去的决绝。采艾的手，清水里洗过好多遍了，那艾草的味道，还久久逗留在手上，不肯散去。苦中带香，香中带苦，你根本分不清到底是苦多一些，还是香多一些。苦乐年华，它一肩扛了。

所以，它独特，在传统的民俗里，万古长存。早在《诗经》年代，就有了"彼采艾兮"的吟唱。说是唱爱情呢，我却觉得是唱它。它被人们赋予了神圣，用以寄托愁思，聊解忧伤。

南朝梁宗懔的《荆楚岁时记》中也曾有记载："五月五日……采

艾以为人悬门户上，以禳毒气。"说的是端午节这天，人们争相采艾，扎成人的模样，悬挂于大门之上，以消除毒气灾殃。不过是普通植物，却担当起驱毒辟邪的重任，这是艾草的本事了。有时，保持个性，坚守自己，方能脱颖而出。在这一点上，我们人类，得向一棵艾草学习。

可能是小时的记忆作怪，多少年来，我一直以为艾草只在水边生长——这是我的孤陋了。福建有文友说，他们家乡的山上，漫山遍野，都长着艾草。人们也食它，三月里，艾草正鲜嫩，采了它，拌上糯米粉，包上芝麻、白糖做馅儿，蒸熟，即成艾糍粑。咬上一口，香软甘甜，鲜美无比。这吃法让我惊异，有尝试的欲望。想着，等来年吧，等三月天，一定去采了艾草回来吃。

小区里，爱种花的陈爹，在他的小花圃里，种上了艾草。六月的天空下，一丛红粉之中，它遗世独立的样子，让人一眼认出，这不是艾草嘛！

陈爹笑，眼光缓缓地落在它上面，说，是啊，是艾草啊。

种这个做什么呢？问的人显然有些好奇了。

陈爹不急着作答，他弯腰，眯着眼睛笑，伸手拨弄一下那些艾草。他说，可以驱虫的。你看，它旁边的花长得多好，不怕虫叮。

哦——围观的人一声惊呼，恍然大悟，原来，它做了护花使者。

陈爹种的艾草，现在正插在我家的门上。不多，一棵，茎与叶几乎同色，灰白里，浸染了淡淡的绿。香味很地道，开门关门的当儿，它总是扑鼻而至，浓烈，纯粹。这是陈爹送的。他爬了很高的楼梯，一家一家分送，他说，要过端午节了，弄棵艾草你们插插。

我不时地望望，闻闻，心里有欢喜。端午的粽子我早已不爱吃了，然过节的气氛，却一点儿没削减，因了这一棵温暖的艾草。

棉花的花

纸糊的窗子上，泊着微茫的晨曦，早起的祖母，站在我们床头叫："起床啦，起床啦，趁着露凉去捉虫子。"

这是记忆里的七月天。

七月的夜露重，棉花的花，沾露即开。那时棉田多，很有些一望无际的。花便开得一望无际了。花红，花白，一朵朵，娇艳柔嫩，饱蘸露水，一往情深的样子。我是喜欢那些花的，常停在棉田边，痴看。但旁的人，却是视而不见的。他们在棉田里，埋头捉虫子。虫子是息在棉花的花里面的棉铃虫，有着带斑纹的翅膀，食棉花的花、茎、叶，害处大呢。这种虫子夜伏昼出，清晨的时候，它们多半还在酣睡中，敛了翅，伏在花中间，一动不动，一逮一个准。有点任人宰割。

我也去捉虫子。那时不过五六岁，人还没有一株棉花高，却好动。小姑姑和姐姐去捉虫子，很神气地捧着一只玻璃瓶。我也要，于是也捧着一只玻璃瓶。

可是，我常忘了捉虫子，我喜欢待在棉田边，看那些盛开的花。空气中，满是露珠的味道，甜蜜清凉。花也有些甜蜜清凉的。后来太阳出来，棉花的花，一朵一朵合上，一夜的惊心动魄，华丽盛放，再不留痕迹。满田望去，只剩棉花叶子的绿，绿得密不透风。

捉虫子的人，陆续从棉田里走出来。人都被露水打湿，清新着，是水灵灵的人儿了。走在最后的，是一男一女，年轻的。男人叫红兵，女人叫小玲。

每天清早起来去捉虫子，我们以为很早了，却远远看见他们已在棉田中央，两人紧挨着。红兵白衬衫，小玲红衬衫，一白一红。是棉田里花开的颜色，鲜鲜活活跳跃着，很好看。

后来村子里风言，说红兵和小玲好上了。说的人脸上现出神秘的样子，说曾看到他们一起钻草堆。母亲就叹，小玲这丫头不要命了，怎么可以跟红兵好呢？

家寒的人家，却传说曾是富甲一方的大地主，有地千顷，用人无数。在那个年代，自然要被批被斗。红兵的父亲不堪批斗之苦，上吊自杀。只剩一个母亲，整日低眉顺眼地做人。小玲的家境却要好得多，是响当当的贫下中农不说，还有个哥哥，在外做官。

小玲的家人，得知他们好上了，很震怒。把小玲吊起来打，饿饭，关黑房子……这都是我听来的。那时村子里的人，见面就是谈这事，小着声，生怕惊动了什么似的。这让这件事本身，带了灰暗的色彩。

再见到红兵和小玲，是在棉花地里。那时，七月还没到头呢，棉花的花，还是夜里开，白天合。晨曦初放的时候，我们还是早早地去捉棉铃虫。我还是喜欢看那些棉花的花，花红，花白，朵朵娇艳。那日，我正站在地中央，呆呆对着一株棉花看，就看到棉花旁的条沟上，坐着红兵和小玲，浓密的棉叶遮住他们，他们是两个隐蔽的人儿。他们肩偎着肩，整个世界很静。小玲突然看到我，很努力地冲我笑了笑。

刹那间，有种悲凉，袭上我小小的身子。我赶紧跑了。红的花，白的花，满天地无边无际地开着。

不久之后，棉花不再开花了，棉花结桃了。九月里，棉桃绽开，整个世界，成柔软的雪白的海洋。小玲出嫁了。

这是很匆匆的事情。男人是邻村的，老实，木讷，长相不好看。第一天来相亲，第二天就定下日子，一星期后就办了婚事。没有吹吹打打，一切都是悄没声息的。

据说小玲出嫁前哭闹得很厉害，还用玻璃瓶砸破自己的头。这也只是据说。她嫁出去之后，很少看见她了。大家起初还议论着，说她命不好。渐渐地，淡了。很快，雪白的棉花，被拾上田岸。很快，地里的草也枯了，天空渐渐显出灰白，高不可攀的样子。冬天来了。

那是一九七七年的冬天，好像特别特别冷，冰凌在屋檐下挂有几尺长，太阳出来了也不融化。这个时候，小玲突然回村了，臂弯处，抱着一个用红毛毯裹着的婴儿，是个女孩。女孩的脸形长得像红兵。特别那小嘴，简直一个模子刻出来的，村人们背地里都这样说。

红兵自小玲回村来，就一直窝在自家的屋子里，把一些有用没用的农具找出来，修理。一屋的乒乒乓乓。

这以后，几成规律，只要小玲一回村，红兵的屋子里，准会传出乒乒乓乓的声音，经久持续。他们几乎从未碰过面。

却还是有意外。那时地里的棉花又开花了，夜里开，白天合。小玲不知怎的一人回了村，在村口拐角处，碰到红兵。他们面对面站着，站了很久，一句话也没说。后来一个往东，一个往西，各走各的了。村人们眼睁睁瞧见，他们就这样分开了，一句话也没有地分开了。

红兵后来一直未娶。前些日子我回老家，跟母亲聊天时，聊到红兵。我说他也老了吧？母亲说，可不是，背都驼了。我的眼前晃过那一望无际的棉花的花，露水很重的清晨，花红，花白，娇嫩得仿佛一个眼神也能融化了它们。母亲说，他还是一个人过哪，不过，小玲的大丫头认他做爹了，常过来看他，还给他织了一件红毛衣。

晒月亮

乡村的夏夜是丰富的，最丰富的，莫过于月光了。

那真的是一泻千里漫山遍野呀，奶油样的，听得见汩汩流动的声音。远处的田野、小径，近处的树木、房屋，都开始了月光浴。白天的喧嚣与燥热被涤荡得干干净净，植物们在月下甜蜜地呼吸，脉脉含情。虫们在叶间欢天喜地唱着歌。露珠儿悄悄滴落，沁凉的，清香的。这个时候的乡村，格外宁静。

竹床，长凳，门板，被早早地搁置到苞谷场上。月亮升起来的时候，村人们都聚拢过来纳凉。人人手中一把蒲扇，坐着或躺着。风从这边吹过来，从那边吹走，月光的羽毛飞起来。这个时候，再坚硬的线条，也会变得柔软。

小孩子们可以缠着大人讲故事。我们最喜欢缠的人是邻居二伯，他仿佛有一肚子的故事。二伯长相挺凶，一脸麻子，还瞎了只眼。平时一个人过，住在两间草棚里。大白天我们看到他，都绕道走。但到了有月亮的晚上，他的脸上，却奇迹般一片柔和，甚至有些慈眉善目，我们都不再怕他。

二伯见到我们缠他，颇为得意。总是卖关子似的轻咳一声，再咳一声，说，从前哪。然后就停顿下来。我们急啊，追问，是从前有只狐吗？二伯笑着不吭声，只把那把破蒲扇摇来摇去，像拈花而笑的佛了。

于是有聪明伶俐的孩子，赶紧上去帮他扇扇子，还有的孩子去帮他敲背。他很是享受地微闭着眼，笑对其他人语，谁说我无儿无女的日子不好过的？瞧瞧，我有这么多孩子呀。大家便哄笑，说，你好福气。

月亮饱满，像怀了无限甜蜜的女子，深情款款。二伯的故事讲开了，是我们百听不厌的狐故事。故事自然说的是很久很久以前的从前，说有一个赶考的书生，在半路上救了一只掉进陷阱的狐，那是只成了精的女狐呀，一下子爱上书生了，就一路尾随了书生去赶考。在书生就要赶到京城时，突遇强人，遭到抢劫，差点丢了性命。狐便化成女子，日夜悉心照料他。书生伤好后，就和狐结成了夫妻。后来，狐妻助书生考上状元。

故事说到这儿，很圆满了。我们满足地叹气。星光下，我们想象着那只美丽的狐狸，希望自己也能遇到一只。或者，自己就是那样一只狐狸。

一旁的祖母，蒲扇在手上摇得可有可无，眼睛，早就闭上了。我们这才发现，已是下半夜了。木板床上有鼾声响起，月亮渐渐偏西了，是情深意长的一个回眸。我们的眼睛也不争气地粘上。母亲用扇子轻轻拍我们，该回屋睡去啦。邻居二伯显得意犹未尽，说，明天再来听二伯讲故事呀，二伯一定给你们讲一个更好听的。

我们打着哈欠，嘴里面应着好，一脚高一脚低地往屋子里走，披一身一肩的月光。回到屋里，人刚一沾上床，就进入梦乡。梦里，摇晃着一个大大的月亮，月亮下，跑着一只漂亮的狐，白色的毛，雪一样的……

多年过去，故乡的月亮一直在我的心头亮着，我找不到很好的词汇来描述它。不久前，我在一篇文章里偶然看到"晒月亮"这个词，一下子像遇到知己般的，故乡夏夜里那明晃晃的月亮，原是供我们晒的啊。

鸟窝·菊花

有两样东西，无论在什么地方看见，我的心里，总会腾起细浪来。如轻风来拂，漾起层层波纹，每道波纹里，都是柔软和欢喜。这两样东西，一是鸟窝，一是菊花。

鸟窝筑在高高的树上，树是刺槐树和苦楝树。乡村里，这两种树特别好长，家家房前屋后，都有几棵几人合抱才抱得过来的刺槐和苦楝，也不知它们到底生长了多少年，它们应该比村庄还要老。春生家的白眉毛老爷爷说，他小时候，就在这样的树上掏鸟窝的。

鸟窝都是喜鹊们筑的。乡村多喜鹊，一领一大群，在人家房屋顶上喳喳喳，在田野上空喳喳喳。这种鸟，天生的憨厚，只要一扯开嗓子，就欢快得很，仿佛从不知忧愁。它们筑的窝，大，有面盆那么大，托在高高的枝丫上。窝筑得简陋，枯树枝乱七八糟搭在一起。它们是憨夫憨妇过日子，搭了窝棚住，也能将就着的，只要每天能看到太阳升起，日子里就有快乐。

天气开始转凉的时候，村庄的鸟儿，都远飞温暖的他乡去了，只剩麻雀和喜鹊。麻雀四处流浪着，飞到哪儿住哪儿，柴火里，竹林里，芦苇丛里……得过且过。只有喜鹊，还守着它们的窝，一板一腔地过着日子。

风一阵紧似一阵，刺槐树上的叶，掉了。苦楝树上的叶，掉了。直到一个村庄的叶，都掉得差不多了。天空开始变得又高又远，村庄呈苍茫色。光秃的枝丫上，喜鹊的窝，有些孤零零的。秋深得很彻底了。

这时，却有另外的色彩艳艳地跳出来，那是屋檐下的一丛菊。并不曾留意，它们是什么时候生长的，从冒芽，到长叶，到打花苞苞，它们都默默无言地进行着。一朝花开，却映亮了一个庄子。每家的茅草房，都变得黄灿灿的。邻家女子，这时节有人来相亲，没有胭脂水粉好打扮，就掐一朵黄菊花，插到发里面。见了人，羞涩地低下头，寻常女子，也有了婉约和动人。

李清照说，人比黄花瘦。她说的黄花，是指菊吧。我却不认同的。菊哪里瘦了？我记忆里的菊，是一大朵一大朵怒放着的，丰腴着的。黄巢的"满城尽带黄金甲"好，把菊的声势给写出来了。当一个村庄的菊花都盛开了时，那真是满村庄尽带黄金甲了。你旅途劳顿，远远归来，望见村庄。这时，跳入你眼帘的，有两样东西，一是高高的树上，蹲着的大大的鸟窝。一是家家门口，捧出的一片金黄。你奔波的劳顿立即消散，你想到家里温暖的灶台，冒着热气的玉米粥，拌了两滴麻油的小菜，还有，倚门守望的人。再大的寒潮，也侵袭不到你了。

有家可归，有人在等，是幸福的。这种幸福的味道，经年之后，你还能咂摸出那层浓烈。对故乡的感情，原是深入到骨子里的。

我在另一个秋天，去拜访一个朋友。朋友住在一个小镇上，房前有树，房后也有树。我惊喜地看到，那房前的树上，蹲了两只大大的鸟窝。屋檐下，一丛黄菊花，开得正明艳。我对朋友说，我喜欢你这里，很喜欢。

来年的春天，朋友到我居住的小城有事，遇到我，我尚未开口，他就说，你放心，那鸟窝还在的，那菊花也还在的，到秋天，就会开花。

锦鲤时光

去秦岭深处的一个小村庄。

村庄里有老树。有古井。房屋多以平房为主，黄泥黑瓦，门楣低矮。草垛子搁在屋角头，鸡和狗在草垛子旁无所事事，见着来人，挺好奇，一齐抬头注目。碎石子铺成的巷道两旁，长满了芨芨草、野蒿子和鹅肠草。有一两枝桃花，从人家的院墙内探出头来，红粉乱溅。

我应邀走进一户人家。那户人家，女人患了软骨症，男人二十年如一日，不离不弃守护着。

男人得知我去，早早在院门口等着。憨厚的中年男人，脸上的笑容淡定而平和，不见被命运折腾的愁苦。女人被收拾得很干净，她整个的身体，除了头稍稍能转动之外，其余的，都软似面团。她半躺在院中的一树桃花底下，脸上的笑容，也是淡定而平和的。

我坐到女人身边，听男人讲他们的故事。多少年的守护，她已与他的生命血肉相连。没有她就没有我，没有我也就没有她。这辈子，我就把她当婴儿照料，我愿意。男人说得慢条斯理，一边伸手拂拂女人的额发。

说到婴儿，两个人都笑出声来。我们有个儿子呢，很出息的，一直没开口说话的女人，这时突然插话道。

我被领进他们的小居室。两间平房，一间做了卧室，一间做了起居间。墙上全被花花绿绿的年画贴满了，一幅《胖娃娃抱锦鲤》的年画尤其显目。男人说，儿子喜欢这幅画。小时候他照着上面画，画得可像哩。

说起儿子，男人的语气里全是骄傲。他取来儿子的照片给我看，二十岁的小伙子，眉目飞扬。目前，正在北京念大学。

我一时间恍惚，仿佛走回从前去。从前，也是这样的房，家里的土墙上，也贴满年画，花花绿绿的。年画里，少不了一幅《胖娃娃抱锦鲤》。胖娃娃穿着红肚兜，圆鼓鼓的脸蛋上，欢笑飞溅。他骑坐在锦鲤身上，一手抱着锦鲤的头，一手擎着一朵荷花。他身下的锦鲤，亦是胖乎乎的，笑哈哈的，尾巴高高翘起，好似小马驹要腾飞。小时的我，很爱盯着这幅年画看。有时盯着盯着，老疑心那孩子那鱼，会走下来。

那时，村子里家家户户的土墙上，都少不了这样一幅年画，既喜庆，又满含着美好的祈愿，祈愿日子就像鲤鱼跳龙门一样。当时不懂，这鲤鱼为什么要跳龙门呢，跳过之后又怎样呢？村人们怕是也没有深究过这些问题，他们只笑嘻嘻说，就是鲤鱼跳龙门呀。眸子里，有星子在闪亮。

家里的土灶上，也断断少不了一幅锦鲤戏荷图。砌灶的师傅真是很不简单，灶砌好后，他在一面灶墙上，拿红漆绿漆涂涂抹抹，三笔两画，他的手底下，就有了荷花在开着，锦鲤在活泼地游弋着。我在一边，往往看得呆过去。世间神奇，我以为那算得上是一种。

一日，我在厨房里写作业，奶奶在烧饭。锅上热气蒸腾，我看到灶墙上那条锦鲤，在雾气里忽隐忽现，上下凫游。正发着呆，一个远亲来访，我称他大大。大大是个人物，那时，他在杭州城住，面皮白净，气质儒雅。听我爸说，他读书很多，写得一手好字。他当时见到在做作业的我，脱口说了句，这孩子将来肯定有出息，她握笔的姿势很不一般。

那日，我们全家因大大这句预言，着着实实高兴了一番。我爸说，我家的鲤鱼，将来也要跳龙门喽。我似懂非懂。但因被我爸比作鲤鱼，还是很开心很得意的。后来，我坐在堂屋里读书，眼光常不自觉地溜到墙上那幅年画上去，笑嘻嘻的胖娃娃，一手抱着锦鲤的头，一手擎着一朵荷花。他身下的锦鲤，胖乎乎的，甩着尾巴，如一匹将欲腾飞的小马驹。门外的鸟叫声，密集如小雨点。我小小的心里，有着莫名的激动。

现在回过头去看，我一生中最美的时光，当数那一段锦鲤时光吧，虽然贫穷，虽然卑微，却单纯，色彩明艳，无限阔大。且心怀梦想和向往，相信奇迹，并充满热爱。

无言的落英

好多年好多年了，我一直不知道外婆的名姓。

村里人称她，卢四奶奶。是因为我的外公姓卢。

从我有记忆起，外婆就是以卢四奶奶的形象出现的。她个头矮小，又瘦，使得她身上的一切看上去均小，脸小，眼睛小，手小，更兼一双被缠裹过的小脚，颠颠地走路，就跟只小蚂蚁似的。

她的一生，活得确如蚂蚁一般，纠缠在酸苦与无尽的劳碌中，无声无息。

我该从哪里说起好呢？我对她成为我的外婆之前的一切一无所知。我对她成为我的外婆之后的事情，也只知一鳞半爪，最后连她是饿死的还是病死的，都没人说得清。我也只能拣我有限的记忆，记录一下，作为她来过这个世上的一点凭证。

我家与外婆家在同一个村子住。我小的时候，外婆家与我家只隔着几亩地的距离。去她家，翻过一条小沟就到了。我和我姐就常牵着手，翻过小沟去找外婆。外婆从不让我们空手回家，她会炒把蚕豆，或炒把瓜子，装进我们的裤兜里。

外婆特别爱种黄瓜。我家从不种这个，村里人家也不种这个，只外婆家种。外婆在屋门前，搭了好大一个黄瓜架子，黄瓜藤牵在上面，黄瓜花簪在上面，密密的，一直攀到屋顶上去了。屋前就有了一个很大的漂亮的敞棚了。外婆在敞棚下摆上小桌子，一家人吃饭或是闲坐，都在敞棚下了。外婆的针线活，也在敞棚下做着。夏天天热得很，蝉叫的撕裂声，更添一层热，那敞棚下却挺凉快的，外婆在下面拾掇着什么，花的光斑叶的光斑，黄黄绿绿的，在她的身上跳跃。她见我和我姐去了，惊吓了一下，说，伢呀，这大热天的，别晒出热毒来才好。赶紧把我们拉到敞棚下，拿扇子帮我们扇风。

我和我姐都不爱吃黄瓜，我奶奶种的香瓜、甜瓜更好吃。外婆家的人似乎也不吃黄瓜，那些黄瓜就在藤上老去，从青，到黄，到枯。外婆还是年年种很多黄瓜。后来搬了家，她在新家屋前，一样地种黄瓜，这习惯，一直保持到她老了种不动了。我猜想，或许黄瓜的风景，是外婆心底里留存的最美的记忆，是关于她的年少的。年少的外婆，是在哪里生活的呢？又有过怎样一个家呢？这成了永远的谜了，连我妈也不知道。我妈不知道外婆的娘家在哪儿，不知道外婆娘家还有没有人了。外婆从未跟他们说过，就好像她从前就是孤零零的一个人。

外公跟外婆看上去完全的不搭，外公长得人高马大，整日绷着一张脸，很少笑。我和我姐都怕他，去外婆家，若看到外公在家，我们扭头就走。有时去，正听到外公大声训斥我的几个舅舅，外婆一会儿劝舅舅，向你们老子认个错吧。一会儿又劝外公，你小点声，让邻居们听见了多不好。

外婆是个小心谨慎的人。没听她发过脾气，没听她大过喉咙，没见她摆过脸色，她总是和颜悦色神态平静着。遇到实在让她气愤不过的事，她也顶多叹息一声，说，怎么会这样呢？我妈与我奶奶不和，闹到她那儿去，她责怪我妈，语气竟也是温和的，她说，惠芬（我妈的名字），你怎么能这样呢，她是你的上人（吾乡晚辈对上一辈人的尊称），你这个做媳妇的，要孝顺，你也是个养儿育女的，以后也要做上人呢。她说了我妈之后，又专门到我家，跟我奶奶赔礼道歉，说她没把姑娘教育好，让我奶奶多担待。我奶奶从未曾说过我外婆一句坏话，她说我外婆是个苦人。

我是到一些年后才意识到，外婆的确是个苦人。外婆虽育有五个子女，除了我妈还算顺风顺水外，别的几个，都让她愁断肠了吧。我有一个姨娘，是我妈的姐姐，性情古怪，嫁人后在婆家常闹得鸡犬不宁，她眼盲的婆婆最后上吊自杀了。这事，对我外婆打击蛮大的，她自责得很，说自己怎么养了个姑娘去害人家。这个姨娘不知是不是因这事造成了阴影，几年后，精神上出了些问题，常在半夜里号啕叫骂。后来送去看医生，病也是时好时坏的，基本上成了一个废人。我大舅一直未曾结婚，精神上也不太正常。年轻时相过亲的，相中一个姑娘，双方处了一段时间，彼此都满意，都议定婚事了，后来女方家反悔，这桩亲事黄了，我大舅精神大受刺激，从此变得痴痴呆呆。这个大舅的结局，是出车祸死了。我二舅是外婆几个孩子里，最齐整的吧。上过学，读过书，人也聪明。青年时，是很有几分英俊的，肚子里装着好多奇闻趣事。虽也是农民，可却与一般农民很是不同，他会讲书上的故事，讲嫦娥奔月，讲岳飞抗金，讲皮五辣子。那时，他身后追随着我们一帮小孩子，是顶喜欢听他讲故事的。他谈了一场惊天动地的恋爱，却因门不当户不对的，姑娘嫁给了别人。他自此沉沦下去，一直晃荡到四十多岁，才找了个离了婚的女人，搭伙过日子。他早就遗失掉青年时的进取开朗，变得潦草、冷漠和麻木，也不顾念亲情了，没少给我外婆气受。我还有个小舅舅，老实木讷，到三十多才说上媳妇。两个人成亲后，我外婆是最开心的，天天恨不得把饭送到媳妇床头上。小舅的第一个孩子出世，我外婆是抹了眼泪的。那是我唯一一次见到外婆流泪，她一边抹着泪，一边笑着说，我们卢家终于有后了。虽然是个女孩子，她和外公也爱若珍宝，给孩子取乳名：喜。

我的外公是在我外出上大学那年去世的。走得突然，是在睡梦里走的，之前毫无任何征兆。寒假时我回家，去看外婆。外婆看上去更瘦小了，像枚褶皱的核桃似的，裹在棉衣棉裤里。一头黑发，绾了个发髻别在脑后，纹丝不乱。她的面色还是平和的，看到我，很高兴，拉着我的手问长问短。我跟她说到外公，她神情稍稍黯淡了一下，说，在世是根草，死了就是个宝。我不明白她说这话的意思，正打算询问，我二舅和他的女人进来了。外婆看了他们一眼，咽下了后面要说的话，忙着去烧火做饭。

外公一走，我外婆的处境就变得艰难。外公虽是个没什么本事的人，平时寡言少语，只会做点农活，可只要他有一口气在，他就是我外婆的山。山倒了，我外婆就成了浮萍了。二舅和小舅两家人在一块儿，常吵得鸡飞狗跳的，最后把怨气全撒在我外婆身上。二舅的女人是个顶厉害的主，嫁过来没多少天，左右邻舍都被她得罪光了，成了那地儿的一霸。在家里，也是三天两头挑事儿，对我外婆就差没动拳头了。有一次，她居然跑到我家去找我妈吵架，玩上吊跳河的把戏，引来众多围观的。她一口一个老不死的，骂着我外婆，要我妈把外婆接走。

我妈只好接来外婆。才在我家待了一天，我外婆就待不住了，拄着拐杖，站在我家屋后头朝着河对岸望，那是她家的方向。她喃喃说，鸟还有个窝呢。她要回她的家。没办法，我妈只好把她送回去。到了家门口，二舅就当没看见他的亲娘，转过身，进屋去了。二舅的女人脱口一句，怎么又死回来了？人家的饭也不好吃吧？我妈气得想跟她理论，我外婆求着不让。

我问过我妈，他们怎么能这样呢，他们到底要什么？我妈叹口气，要钱呗，他们说你婆奶奶的钱，被你婆奶奶偷偷给了我。我哪里会要你婆奶奶的钱啊，再说，你婆奶奶哪里有钱？我妈说着说着，气愤得掉下泪来。

我成家后，很少回去了。每回回去，都会听到一些关于我二舅和他女人如何忤逆的事，听得我肺都要气炸了，却无可奈何。找过村干部协调，二舅的女人就跟村干部胡搅蛮缠上了，村干部吓得丢下一句"清官难断家务事"，再不管了。我爸和我妈都拿他们没办法，我一个做小辈的，又能如何？也只能每回多买点吃的穿的送过去，但我走后，那些吃的穿的，都被二舅的女人悉数拿走了。

小舅为人好一些，我曾拜托小舅多照顾些外婆。小舅很为难，告诉我，不是他不想照顾，是他不敢，他只要一走近外婆，二舅的女人就挑事，说外婆向着他们，不晓得拿了多少金的银的给他们了。然后，就问他们要钱，说是她该得到的补偿。不给的话，就躺到他们的床上撒泼。

小舅后来另砌了三间房，搬走了。外婆跟了二舅一段日子，身子一天不如一天，最后躺到床上，不能起来了。二舅把不能动弹的外婆，扔给了小舅，这让我们大大松了一口气，小舅从不曾对外婆恶言恶语过，外婆在他身边，总能过几天清静日子了。

　　然外婆并没有因此幸福起来，因为她已完全不能自理了。我妈在我耳边嘀咕过一回，说外婆的饭都到不了嘴，每回都是她去喂。我问，小舅呢？我妈说，他们忙哩，要养蚕哩，哪顾得上。我爷爷奶奶那时身体也不好，要人照顾，我妈不大走得开，只能隔三岔五跑过去。

　　我抽了空回去看外婆。外婆躺在靠窗的一张床上，像个纸人儿似的。春末的阳光，从窗户外漏进来，洒在床上，斑斑点点的。我想起外婆在簪满黄瓜花的棚子下的情景，悲凉的感觉，突袭全身。我伏她耳边轻轻叫她，婆奶奶。她没有反应，嘴里只顾喃喃念着，我二姑娘今天来帮我洗澡了。我二姑娘孝顺啊，今天来帮我洗澡了。外婆嘴里的二姑娘，是指我妈。外婆心里不糊涂，我妈的确上午来过，帮她洗了澡。

　　我离开后的第二天，外婆走了，走得无声无息，当时旁边没有一个人。唯有床头上搁着的一碗米饭，早就冷得发硬了。

　　我设想过种种，假如我有能力，把外婆接出来，外婆是不是能活得长久一些？我妈却不给我幻想，她说，你两个舅舅不让的。再说，你婆奶奶的脾气你不是不知道，死犟死犟的，她是死也要死在自己家里的。在旁人家里，她一天也待不下去，连我这个做姑娘的家里都不肯待，她才不会去你那里呢。

　　我遗传了我外婆的一头黑发，虽然我不是她守护的卢家人。

我高中时，曾去堤西一卢姓同学家玩耍。我家在堤东，原先与堤西隔着一条拦海大堤，堤东是海，堤西是陆地。海水冲击，泥沙慢慢堆积起来，堤东衍生出一片荒地。政府动员堤西的人到堤东开垦，堤东始有人烟，始有村庄。我家、我外婆家，都是最先迁去垦荒的一拨人。同学的奶奶跟我聊天，聊到我外公。她满满的惊讶与惊喜，她说，卢基太（我外公的名字）啊，我们一个庄子上的啊，你婆奶奶嫁过来的时候，还是我去接的哩，她的头发真黑啊，她推了辆小车（独轮车）就过来了。

我现在挺后悔的，我当时就没刨根问底一些，多得些外婆的信息。在同学家后来发生了什么，我一点儿不记得了，话似乎聊到这里，就结束了。

外婆出嫁，是自己推着小车去的，这是怎样的一幅情形啊。我好想抱抱那个时候的外婆，我好想看看绾着一头黑发做新娘的外婆。

外婆的名字叫崔世英。我问了我爸。我爸明显愣了一下，诧异道，你怎么想到问这个的？他也是想了想，才说出外婆的名字。我核实了后面两个字，我爸说，应该错不了，就是世上的世，落英的英。我没有问我妈，我妈不识字，我怕她说错了。外婆，你是这世上千千万万朵落英中的一朵，化作泥土，又从泥土中开出花来了吧？

老古董

　　我家原是很有几件老古董的。我奶奶的铜镜和冬天焐脚用的炭炉子，纯铜的。还有我爷爷的水烟台，亦是纯铜的，吸管上都镂着花。我爷爷在八十来岁上，有些老糊涂了，把这些老古董，都卖给一个收荒货的了。他举着得来的二十块钱，像赚到一大笔似的，笑呵呵地冲我爸说，卖了这么多钱啊。

　　还有张一滴水的床。为什么称一滴水呢？不知。现在，我查阅了很多资料，也没找到满意的答案。问我爸，老爷子根本没想过这事，他也犯迷糊了，说，大家都这么叫着的，这种有踏板、有一道檐的床，就称一滴水。

　　好吧，我就当它是生命中的一滴水。这么想着，倒也贴切，睡觉是人生大事件之一，床是睡觉不可或缺的，如水之于生命。

　　那床，少说也有二三百年的历史了。我奶奶的奶奶曾睡过。全檀木的，上面精雕细镂着许多花卉，如牡丹、梅花、菊花、兰花等。小时我躺在上面，临睡之前，必做的功课是，眨着眼，把那些花啊朵的，数无数遍，且伸出小手指头去抠，想抠下一朵花来。

床至今我爸妈仍睡着。上面的花朵，有些褪色了，却还是一眼就能辨认出，哪是牡丹，哪是梅花，哪是菊花，哪是兰花。我伸手轻轻抚，我抚到那个叫岁月的东西，它还青嫩着，还是充满好奇和幻想，在暗夜里，把一朵花，想象成天堂。只是一个一个与它相关的人，却老了去。

我家还有件老古董——茶凳。昔时，是大户人家所有之物。我爷爷奶奶都出身大家，前几件古董，都是我奶奶的陪嫁物，独这一件，是我爷爷家传的。这张茶凳长约一米，宽约两尺，外表是深茶色的，光滑，光亮，挺沉的。我们小孩单个儿是搬不动它的，遂得两个大些的孩子，一人挽一头，把它挽出去。

夏夜，屋子里是待不了的，我们都到屋外去乘凉，茶凳是必搬出去的。再热的天，那茶凳摸上去，也是冰凉冰凉的，从每一丝木纹里，都透出凉意来，如玉。邻里有人过来乘凉，我奶奶必让出茶凳给他们坐，几个大人坐在上面，一边摇着蒲扇，一边闲闲地说着话。

大多数时候，茶凳归我们孩子所有。我们追萤火虫追累了，轮流在上面躺上一躺。我们数着头顶上的星星，怎么也数不完。门口稻田里的蛙们，鼓着腮帮子，使劲儿唱着歌。虫子们在弹琴。南瓜花掉了，啪一声，打翻了一滴露珠。晚饭花的香气，若有似无袭过来。一个天地，陷入一种妙不可言中。

有什么可说的呢？什么也不要说呢。大人们也都微笑地静穆着，眼睛看着什么，或什么也没看，他们轻摇着蒲扇，等到露珠打湿眉毛，也就一个个站起来，打着呵欠，踱回屋里去睡了。

那张茶凳，后来不知所踪。是被我爷爷卖了，还是被谁顺走了？不得而知。但我想，它一定还在这个世上，被谁拥有着。那个拥有它的人，会不会在它上面触摸到，从前的夏夜，那些多如萤火虫一样的星星，那些风吹落花的时光。

白日光

那个时候，我是寂寞的吧，四五岁的年纪，身边没一个同龄的玩伴。

午后的村庄，天上飘着几朵慵懒的云。路边草丛中，野花儿黄一朵白一朵地开着。鸡和狗们，漫不经心地走在土路上。风轻轻吹过一片绿的田野。绿的田野上，遥遥地，移动着一些黑的点子白的点子，那是在地里劳作的大人们。我绕着村庄转一圈，实在没事可干，就又转到池塘边的瞎奶奶家了。

全村只瞎奶奶家门前有口池塘。我知道，那里面有鱼有虾，还有莲和菱。七八月莲开，一塘的红粉乱溅，隔得老远就能望得见。九十月菱角成熟，有人路过，用锄头一蓬一蓬地够上岸来，边摘边吃。而到了腊月脚下，塘边围满了人，人们脸上蒸腾着一团喜气，他们到塘子里取鱼取虾。白花花的鱼，在岸上泥地里跳，闪耀着碎银一样的光芒。

但我从来不敢跑近那池塘，村子里的其他孩子也都不敢。因为大人们说，塘子里有老鬼，专门吃小孩。瞎奶奶也这么说，她每次"见"到我，都要再三叮嘱我，不要到塘子里玩水啊，那里面有老鬼，闻见小孩子的肉香，就要吃的。我谨记着，我自然是怕老鬼吃我的，我更想得到她的奖励。只要我答没去玩水，瞎奶奶准会奖励我一块薄荷糖。那个年代，一块简朴的薄荷糖，对一个小孩子来说，也是无上的向往和甜。

我小心地绕过那池塘。池塘边的泡桐树上，开了一树一树紫色的花，像倒挂着无数把紫色的小伞。花喜鹊站在上面蹦跳，抖落了一瓣一瓣的花，树下面，便落一层浅紫，细细碎碎的。我很想过去捡一串花来玩，但想到瞎奶奶的薄荷糖，便打消了这个念头。我边走边痴痴看，就到了瞎奶奶家门口了。说来也真是奇怪，瞎奶奶的眼睛虽看不见了，但每次我来，她准知道。那会儿，她抬起头，混浊的没有一丝光亮的眼睛，对着我的方向问，是志煜家的二丫头梅吧？

我答应一声，叫，奶奶。她欢喜地应，哎。放下针线活，伸手招我过去，摸我的脸，问，梅，有没有去塘子里玩水？我答，没。瞎奶奶高兴了，夸我，梅真乖。记住，千万不要去塘子里玩水啊，塘子里有老鬼，专门吃小孩子的，瞎奶奶说。我答，唔，我记住了。

瞎奶奶便到她怀里摸索，抖抖颤颤一阵后，方掏出一块方格子手帕，左一层右一层地揭开，我看到里面躺着的薄荷糖。来，给梅吃，梅不要去塘子里玩水啊，瞎奶奶不放心地关照。糖有些黏糊糊的，乳色的小蛾子似的，我一口含到嘴里，直把小小的心都浸甜了。我含糊着应，哦。

糖吃完，瞎奶奶让我帮她穿针线。这活儿我乐意干，我的眼睛亮着呢，只一下，就把线穿过针孔了。瞎奶奶接过针线去，"望"着我，慈祥地笑，瘦小的脸，像一枚皱褶的核桃。她突然落花般地太息一声，若是我的锁儿还在，他也该成婚了，养的孩子，也该你这般大了。这些话我可听不懂，我定定地看着她，她脸上每一道皱纹里，仿佛都有粼粼的波在荡，竟是说不出的悲伤。

她这么对着我"望"一会儿，复低下头去，一针一线纳她的鞋底，坐在一圈白日光里。时光静极了，梧桐树的影子在矮墙上晃，连同那些紫色的花的影子。矮墙头上，晒着她做好的布鞋，一双双，黑面子，白底子，那么大。

我看着瞎奶奶的小脚，有些疑惑地问，瞎奶奶，这是给谁做的鞋啊？瞎奶奶答，是给锁儿他爹做的啊。锁儿，那是谁呢？锁儿他爹又是谁？我怎么从没见过。我怔一怔，突然从池塘边的泡桐树上，传来喜鹊的叫声，喳喳，喳喳，高亢的一两声，打破一个天地的静。瞎奶奶停了针线活，侧耳听，脸上慢慢浮上笑来，说，喜鹊叫，客人到，家里要来客喽。我不信，喜鹊每天都在叫，我却从来没有见过她家来客人。瞎奶奶却说，谁说没有？梅就是我家的客人啊。

我把她说的话告诉祖母，祖母唉地叹一口气，瞎奶奶是个可怜的人哪。

她有过一个完整的家，男人壮实，儿子可爱，一家人在一起，只想把凡俗的日子安稳地过下来。然战乱与饥荒来袭，寻常的日子竟过不下去了，家里渐渐揭不开锅。男人跟她商量，要置副货郎担，去外讨生活，等换得铜板来，给她和儿子好日子过。好歹要保住我们李家的这个根啊！男人看一眼扯着她的衣角、饿得面黄肌瘦的儿子说。她点点头，开始没日没夜地给男人赶做布鞋。一共做了四双，她想着，春天一双，夏天一双，秋天一双，冬天一双，等四双鞋都磨破了，男人也该回了。为这，她把自己的嫁衣都给拆了，一块块布，纳到了男人的脚底下。

男人揣上她做的布鞋，上路了。走前，男人向她保证，少则半年，多则一年，他一定会回来。然而，春去春又回，男人却没有回。他们唯一的儿子锁儿，在又一年的七月天，掉进家门口的池塘里淹死了，死时，手里紧紧攥着一枝红莲。她懊恼得肝肠寸断，她怎么就不知道塘子里好看的红莲会吃人呢？她怎么就没留意到儿子会被红莲牵着，一步一步走下水里去？

彼时，她还年轻着，容貌也好，完全可以再嫁个壮实的庄户人，倚靠着那个人，求个今生安稳。也真的有几个壮实的庄户人看上她，许她好日子，要娶她过门。她却不，她说对不起男人，她把他李家的根弄没了，她要等他回。

一日一日，一年一年，她为男人做着布鞋，从青丝，到白头。漫长的等待，加上内心悔恨的煎熬，她不断地流泪，眼睛渐渐不行了，最后终导致全看不见了。

我念小学后，极少再去瞎奶奶家。偶尔路过，还见她坐在矮墙下，坐在一圈白日光里，永远的那样的姿态：低着头，一针一线地纳着鞋底。她的白发上，落着白日光的影子，白淹没在白里面，那么分明，又是模糊的。看过去，她竟像是裹在一团雾里，不很真切。池塘边的泡桐树上，花喜鹊还站在上面喳喳喳。远处的田野里，传来人们劳作的号子声，嗨哟，嗨嗨哟——太平盛世，热火朝天。她锁儿的爹，始终没回。

我小学毕业那年五月，一个中年人寻寻问问，一路摸到我们村庄。他向村人们打听，崔曼丽还活着吗？她的家在哪里？村人们一头雾水。但不一会儿，有人醒悟过来，说，怕是瞎奶奶吧。上了年纪的人恍然大悟，回忆，瞎奶奶好像是姓崔的。

一村人跟着去看热闹。中年人才提到李怀远，瞎奶奶就浑身颤抖不止，混浊的眼里，缓缓滚下两行泪，她哆嗦着嘴唇问，怀远在哪里？我对不起他，我把他李家的根弄丢了。中年人一把抱住了她，眼含热泪地叫，大妈，我可找到你了！

当年，她的男人李怀远，挑着货郎担，一路南下。很快赚得一些铜板，以为三两个月就能回的，却在半路上不幸染上风寒，一病不起。一对老夫妇救了他。老夫妇膝下只有一个姑娘，正当青春，对他照应十分细致，端饭端水伺候月余，他的身体才得以慢慢好转。

为了报恩，他留了下来，娶了那姑娘，开始了另一番生活。他对老家的女人一直心怀愧疚，她做的布鞋，有两双他没穿完，他珍宝一样收藏着，任何人动不得。逢年过节，他都要拿出来看看。当他病重，得知自己将不久于人世，他把儿子叫到了跟前，嘱咐儿子，无论如何，一定要找到她。

听的人唏嘘不已，瞎奶奶却只是笑着，她使劲地眨着一双空洞的眼，对着眼前的中年人"看"啊"看"。你真的是怀远的儿子？她问。得到中年人肯定的答复，她喜不自禁，颤抖着伸出手来，一遍一遍摸中年人的脸，笑说一声，他还有个根在，好！笑着笑着，眼睛就闭上了，整个人软塌塌倒下去，没了气息。

那年七月，瞎奶奶家门前的池塘里，一塘的红莲，如期盛开，开得红粉乱溅，一如往年。这时，我已知道，这世上根本没有老鬼，塘子里自然也没有。但我，还是一次也没走近过。等到我念初中的时候，瞎奶奶的茅草房被拆除掉，门口的池塘也被填了，朵朵红莲，被深埋到地底下。那里，整成了庄稼地，上面有时长玉米，有时长棉花，白日光罩着，无比的葱郁。

第四辑
清平乐

彼时，天空瓦蓝瓦蓝的，一副长生不老的样子。

春风暖

春风是什么时候吹起来的？说不清。某天早晨，出门，迎面风来，少了冰凉，多了暖意。那风，似温柔的手掌，带了体温，抚在脸上，软软的。抚得人的心，很痒，恨不得生出藤蔓来，向着远方，蔓延开去，长叶，开花。

春风来了。

春风暖。一切的生命，都被春风抚得微醺。人家院墙上，安睡了一冬的枝枝条条，开始醒过来，身上爬满米粒般的绿。是蔷薇。那些绿，见风长，春风再一吹，全都饱满起来。用不了多久，就是满墙的绿意婆娑。

路边树上的鸟，多。啁啾出一派的明媚。自从严禁打鸟，城里来了不少鸟，麻雀自不必说，成群结队的。我还看见一只野鹦鹉，站在绿茸茸的枝头，朝着春风，昂着它小小的脑袋，一会儿变换一种腔调，唱歌。自鸣得意得不行。

卖花的出来了，拖着一拖车的"春天"。红的，白的，紫的，晃花人的眼。是瓜叶菊。是杜鹃。是三叶草。路人围过去，挑挑拣拣。很快，一人手里一盆"春天"，欢欢喜喜。

也见一个男人，弯了腰，认认真真地在挑花。挑了一盆红的，再挑一盆紫的，放到他的车篓里。刚性里，多了许多温柔，惹人喜欢。想他，该是个重情重义的人罢，对家人好，对朋友好，对这个世界好。

桥头，那些挑夫——我曾在寒风中看到他们，瑟缩着身子，脸上挂着愁苦，等着顾客前来。他们身旁放一副担子，还有铁锹等工具，专门帮人家挑黄沙，挑水泥，或者，清理垃圾。这会儿，他们都敞着怀，歇在桥头，一任春风往怀里钻，脸上笑眯眯的。他们身后，一排柳，翠绿。

看到柳，我想起那句著名的诗句："不知细叶谁裁出，二月春风似剪刀。"把春风比喻成剪刀，极形象。但我却以为，太犀利了，明晃晃的一把剪刀，咔嚓一下，什么就断了。与春风的温柔与体贴，离得太远。

还是喜欢那句，春风又绿江南岸。这里面，用了一个"绿"字，仿佛带了颜色的手掌，抚到哪里，哪里就绿了。《诗经》中有《采绿》篇章："终朝采绿，不盈一匊"，说的是盼夫不归的女子，在春风里，心不在焉地采着一种叫绿的植物，采了半天，还握不到一把。我感兴趣的是，那种植物，它居然叫绿。春风一吹，花就开了，花色深绿。这种植物的汁液，可做染料。我想，若是春风也做染料，它的主打色，应该是绿罢。

而在乡下，春风更像一个聪慧的丹青高手，泼墨挥毫，大气磅礴。一笔下去，麦子绿了。再一笔下去，菜花黄了。成波成浪。

我的父亲母亲呢？春风里，他们脱下笨笨的棉袄，换上轻便的衣裳。他们走过一片麦田，走过一片菜花地，衣袖上，沾着麦子的绿，菜花的黄。他们不看菜花，他们不以为菜花有什么看头，因为，他们日日与它相见，早已融入彼此的生命里，浑然大化。他们额上沁出细密的汗珠，他们说，天气暖起来了，该丢棉花种子了。春播秋收，是他们一生中，为之奋斗不懈的事。

听云

　　我小时，家里人一度对我忧心忡忡，以为这个孩子的脑袋不太灵光，会不会傻掉。因为，我总爱一个人发呆。我姐说，我一个人坐在田埂上，能一坐就是一个下午，什么事也不干，净坐在那里发呆了。

　　我也很少哭闹，很少和别的孩子一起疯玩。家里人带我出门，把我放在一个地方，我就安静地待在那个地方，直到他们办完事过来，把我领走。一个小孩太安静了，是件可怕的事情。

　　我妈为此还专门跑去找一个算命瞎子给我掐命。据说那个瞎子掐的命非常准。算命瞎子给我掐出什么样的命来，我妈没说。我也从来没问过。小时我不懂这些，对自己的命运毫不关心。长大了我又不信这些，命好如何，命坏又如何？顺其自然就是了。

　　然我的印象里，我小时的日子里，尽是些声音和色彩，丰富得不得了，全然不是家里人形容给我听的那种孤单和孤寂。

　　我记得四野里虫子的声音，鸟叫的声音，庄稼拔节的声音，草籽摇落的声音。有时，这些声音混合在一起。有时，是单个儿的。而背景色，永远是红红黄黄绿绿青青的。

天空呢，则是承载我目光最多的地方，也是我想象随意驰骋的地方。我看到天上也有村庄和田野，白云朵像些调皮的孩子，它们在跑在笑，它们随意去敲人家的门。我常会很耐心地等着它们跑到地上来。它们变成一棵玉米了。变成一只甜瓜了。也可能变成虫子，变成鸟，变成我家小羊身上的毛。我在啃着一根玉米棒时，我在吃着一只甜瓜时，会很高兴，我吃出云朵的味道。再瞧我家的羊，我怀疑它们身上，披着云朵的衣裳。

几十年后，当我听到古琴演奏家杨青演奏的《听云》时，我真是喜欢，是终于找到知己的感觉。原来，有人也和我做过同样的梦，发过同样的呆，听过同样的云。

随着几粒鸟语声落下，古琴声缓缓而出，似水流潺潺湲湲，泠泠淙淙，上面流淌着一个天空。万千朵白云，似山花漫山遍野开，又似群鸥振翅飞翔。它们心里有个桃花源吧，它们驾着风的马车，撑着风的小舟，一路前行。

我听到它们走过平原上空的声音。走过河流上空的声音。走过一些斑斓的草木上空的声音。它们手捻一串串白，说着天空的语言，关于太阳的，关于月亮的，关于星星的，关于雨雪的。

风摇落它们的笑声，它们的笑声多么洁白。它们赞美大地、花朵和河流。它们赞美落叶、果实和村庄。它们赞美爱人、思念和活着。它们跳到水里，和鱼谈起了恋爱。我站在一座桥上，望水里面的云，我听到它们的情话，喋喋的，在水面上荡起了清波。

世界很大，心事很小，小到只想靠近你，慢慢地靠近，不要远离。只想就这么静静地，静静地，听时光，和着血液，缓缓地流经我们的好年华。

折得一两枝蜡梅

一到年关脚下，一个村庄都欣欣然的，家家置办年货，户户蒸馒头蒸年糕，杀猪宰羊，捞鱼摸虾，村庄上空炊烟不绝，袅袅复袅袅，整日整夜的。

小孩子们也忙得很，要清扫屋子，要擦洗柜子桌子椅子，连同屋内所有物件。还要给墙上贴上年画，给门上贴上对联，给窗户贴上窗花和喜钱。一切忙碌就绪，看看干净整洁的家，总觉得还少了什么。是了，差两瓶花呢。遂跑出去找，天寒地冻里，折得一两枝蜡梅，或是寻得几朵顽强的小野菊，那是顶顶叫人快乐的。我们高举着花蹦跳着回来，找两只玻璃瓶插了，摆在家神柜上，一个家，刹那间变得绚丽起来。家里的小猫小狗也跟着忙乱，跳进跳出的。小鸡小羊也跟着忙乱，咯咯咯咩咩咩地叫唤，兴奋得不得了。

除夕也就到了。年夜饭的丰盛是不必说的，桌上必有几道菜，鱼不可少，年年有余。炒猪血不可少，吃了会气血旺盛。芋头羹是必须有的，出门会遇好人。

一夜的鞭炮响个不停，这里，那里，仿佛一个世界都处在狂欢中。我们囫囵睡一觉，醒来，天才蒙蒙亮，精神却处于高度亢奋中，一点儿也不感到疲惫，我们侧耳倾听着外面的鞭炮声，只盼着天光大亮。

天光也终于大亮了，家里的主心骨——我爸起床了。女人们这天清晨是可以懒惰一会儿的，由男人去开门做饭。待听到大门吱呀开了，门口的爆竹跟着噼噼啪啪响起来，我们兄妹就像得到指令似的，赶紧起床，一边拿起昨晚就搁在枕边的云片糕，塞一片到嘴里，这才可以开口说话。兄妹间互道新年好，说些祝福的话。给长辈拜年，说些恭喜发财恭喜长寿之类的吉祥话。大人们之间也互相客气敬重起来，老老实实恭贺新年。

一通祝福完毕，我们兄妹几个飞跑出门，速速去草堆上抱柴火，喻为"涨火"。有旺旺的柴火，以后的日子才能红红火火。那时，家家为柴火所愁，捡柴草是我们孩子的日常功课。夕阳下，背着草篓草耙的孩子，像一只只鸵鸟，走在田埂上，成为当时村庄固定的一景。

我们又速速去河里提上一桶水来，倒入家里的水缸中，喻为"涨水"。水是生命之源，我的乡人们对水的敬畏、尊重和热爱，发自肺腑。

好了，火备得足足的，水备得足足的，年糕在锅上蒸着，汤圆在锅里煮着，唱道情的舞龙灯的快到家门口了。新的一年，就这么丰厚地开启了。

神奇的瞬间

如果不是有事耽搁，每天黄昏，我铁定是要去通榆河畔散会儿步的。

从我家走到通榆河畔，有三四里路。这一路之上，可看可玩的东西实在太多了。四时的景致各有不同，单单拿一个春天来说，就叫人赏玩不尽。

我有时会被草地上新冒出的几粒绿吸引住，我总要认清它们是谁才肯作罢。我也会被一捧花骨朵牵住目光。一切幼小的事物都十分的相似，相当的萌，天真、柔软、懵懂、有趣。无论是迎春花、梅花、结香、玉兰，还是桃花、海棠、紫荆、红叶李、碧桃，它们的花骨朵，都是这样的。跟刚钻出来的小虫子似的，迷蒙着一双眼。如果遇到柳了，我也会仔细瞧瞧上头的小芽苞，哎，太像可爱的小眼睛了。

有一丛结香，从它开始打花苞苞起，我每回路过，都要跑去问候一下。嗨，你好呀，我弯腰凑近它。它的花如同巧手缝制的香囊，里面装满了它酿的香。它的性格又豪爽得很，谁路过，它都恨不得倾囊相送。我每回都要被它的香熏得打上几个喷嚏。咦，它哪里来的那么多香？不可思议。

凌霄的枝条还呈僵死状，蓬头垢面地卧在一座桥的两头。我摸摸它，冲它说，伙计，该醒醒了。我从不敢小看它，人家胸膛里的那颗心热着呢。我似乎听到它血管里的血汩汩流动的声音。再几场春风吹吹，它将一跃而起，跑得比谁都快——几天不见，枝条上就插满了浓密的叶子。

一张蜘蛛网也是迷人的。它架在一棵月季和另一棵月季之间，两棵月季相距足足有一米多长。我就是想不通，小小的蜘蛛哪有那么大的能耐，能在隔着那么远的两棵月季中间牵线搭桥？大概是空气和风帮了它的忙。当然，它自身也是有本领的，它是能飞檐走壁的，一身的江湖气。

我也会傻傻地看几只野蜂在花树上忙碌。它们不争不抢，各忙各的。它们比人的欲望要低得多，人有贪念，总希望占有得越多越好，哪怕是自己用不着的东西，也要霸着。而它们呢，够吃了就好了，能有点余粮就好了。它们会把蜜藏在哪里呢？这是我很想知道的事。

有时我驻足，听一些鸟的喧哗。它们聚集在一起，在一些红叶李上跳上跳下，在一些银杏树上跳上跳下，在一些梧桐树上跳上跳下，热议着什么。我觉得它们是在讨论婚嫁的事。春天宜嫁娶嘛，鸟也不例外。

等我终于走到通榆河畔，我就更不得闲了。我太喜欢河里的倒影了，能盯着看上小半天。天空在河里，树木在河里，一些房屋在河里。树木便似长在天上。房屋便似砌在天上。眉眼儿盈盈，太神奇了！如果这个时候夕阳掉在里面，好了，天空、树木和房屋的上面，就游着无数条彩色的鱼了。

我是常常能遇到夕阳的。它的壮观我形容不好，反正每回我都惊诧得很，它怎么可以那么壮观呢？把半天空的云都着上色了。它家里得开多大的染坊才成啊？我有要摘下它来尝尝的冲动。它有时像颗熟透的柿子。有时像只红彤彤的番茄。有时又像个大石榴。有时则像粒大红枣。当它熟得不能再熟了时，饱满的汁液就滴淌下来，洇红了地上的树木、房屋、鸟雀、行人、河流，空气中充溢着甜蜜的芳香。

河里的行船也让我兴趣盎然。船上都有谁？他们要去往哪里？晚上他们停泊在何处？夜里，星星们砸到他们船上，会吓他们一跳吧？笃笃笃，船只敲响了水，一路往前驶去，一河的水很没出息地跟着摇荡着。我默送他们远去，那船上承载了我的目光，是不是多了些重量呢？好吧，祝你们好运。我嘿嘿笑出声来。

到这时，我的这一天算是比较完满了。我满足地叹口气往回走，如果能遇到月亮就更好了。月亮没有，有星星也不赖。我把这一路上之所见，都称为神奇的瞬间。它们让平凡的我，日日保有惊喜，活在有趣和生动里，远离着麻木和尖刻。

我为什么要告诉你这些呢？哎，我只是想让你知道，这些神奇的瞬间，你也可以毫不费力地拥有。

清欢

春天来的时候，大地在一夜间换了新装。绿，绿不尽地绿。

河边的白茅们也绿了，唰的一下，探出尖尖的小脑袋来。

我们去拔茅针，那是春天馈赠给孩子的零食。

茅针其实是白茅的嫩芽，形似针状，剥开来，里面是又白又嫩的瓤。丢进嘴里，水汪汪，甜滋滋的。

那时我尚不知，这种好吃的天然的零嘴儿，是从远古的《诗经》年代，一路走过来的。"静女其娈，贻我彤管。"春暖花开的时节，美丽的牧羊女，去见约会的小伙子，拿什么做礼物好呢？她踟蹰半晌，最后聪明地，拔了一把茅针带给他。

小伙子当然心领神会，他心花怒放，收下茅针当珍宝。"匪女之为美，美人之贻"——不是你这茅针有多好啊，实则因为，它是我心爱的姑娘所赠送的啊。

真正是没有比这个更适合做礼物的了。民间爱恋，原是这等的朴素甜蜜，野生野长着，却自有着它的迷人芳香。

后来，读宋时范成大的诗，看到他写的拔茅针，我乐了。无论沧海桑田如何轮转，这俗世的活法，却如出一辙，生生不息着。

不妨读读他写的：

茅针香软渐包茸，蓬榴甘酸半染红。

采采归来儿女笑，杖头高挂小筠笼。

　　我们带上的却不是小筠笼，我们挎的是猪草篮子，很大个儿的。猪草篮子早就被搁到一边去了，我们拔呀拔呀拔茅针。肚子吃得溜圆了，吃得不想再吃了，还是拔。把全身上下的衣兜都装满了，还是拔，可见得，人生来都是贪的。那满地的茅针，哪里就拔得完呢！拔回家去，多半也被扔了。我奶奶不许我们放着过夜，说吃了过夜的茅针会耳聋的。又说，茅针放在家里过夜，会引了蛇来。

　　我偷偷试验过，把茅针藏在枕头底下，却没有耳聋，亦没有蛇来。我很高兴。原来，大人的话，也不能全信的。

　　我们种凤仙花，不是为了观赏，而是为了染指甲。

　　凤仙花好长，种子掉哪里，哪里就能长出一大片，你追我赶地长，一心一意地长。

　　我家屋角后，每年都有成片成片的凤仙花冒出来。也无须特地播种，乡下的花，少有特地播种的。风一吹，你家的花，跑到我家来了。我家的花，跑去你家了。也有鸟来帮忙，把花种子衔了到处扔。有时，你在废弃的墙头，看见凤仙花，或是鸡冠花，或是一串红。你也可能在哪个沟渠里，发现了凤仙花的影子。你不必惊讶，乡间的花，原是长了脚的。

我家凤仙花开的时候，真有些壮观了，红的黄的白的紫的，像落了一地的小粉蝶，吵嚷得厉害。我们不懂赏花惜花，只管把那些花啊叶子的，摘下来，捣碎，加了明矾，搁上几个时辰，染指甲的原料就算制成了。

天热，晚上屋子里闷，大人们也都要在外头纳凉。虫鸣喁喁，闲花摇落，星子闪亮，静下来的时光，总让人好脾气的。我妈和我奶奶，难得地坐到一起，一边摇着蒲扇，一边话搭话地说些碎语。我和我姐去挑了肥圆的黄豆叶子，让我奶奶给包红指甲。我妈兴致上来了，也会帮我们包。

捣碎的凤仙花，敷在我们的指甲上，上面盖上黄豆叶子，用棉线紧紧缠绕了。一夜过去，第二天，手指甲准变得红艳艳的。

刚包好的手指甲沉甸甸的，偏偏蚊子来叮，手却搔不了痒，急得双脚直跳，却舍不得弄脱缠好的指甲套。我奶奶或我妈，这时会笑着来帮忙。

露水打湿了头发，夜已渐深，却迟迟不肯进屋去睡。小心里，也有了贪，希望这样的静好清欢，能够地久天长。

偶尔上一趟老街，我这枚吃货最大的乐趣，竟不是吃，而是看小人书。

也只老街上才有小人书的书摊。一棵大槐树底下，斜撑着简易的木板子，上面拴着一只只口袋，里面塞满小人书。二分钱可借一本看。

袋子里的硬币，从大过年时就开始攒着，为的是到老街上一饱眼福。

许多的字，不识。不要紧，看着图画，边蒙边猜，也是看得津津有味的。街角喧闹，那一方地盘儿，却是宁静的岛屿。

有孩子口袋里没钱，在小人书摊旁边转。看向小人书的眼神，像看向一大堆美食。守摊的中年男人真是硬心肠，他挥手赶那孩子走："去，去，去!"像赶偷食的鸡。没钱别想看他的小人书，你再求也没用。

一次，有小孩趁他不注意，抓起两本小人书就跑。待到中年男人反应过来，他已跑进人群中去了。中年男人追了几步，没追着，嘴里骂骂咧咧的。回头，对他的小人书摊更是严加看管。

我心里萌生出这样的愿望，等我长大了，我也要摆一个小人书摊。所有的小孩都免费看，想看哪本，就看哪本。想看多久，就看多久。

我姐没事的时候，喜欢装扮我。

衣裳也就那几件衣裳，是没办法替换的。头发却可以随意摆弄。

我姐在我的头发上花大功夫，要不把它编成许多根小辫子。要不把它卷起来。

家里土墙上贴一仕女图，上面有女子云鬓高绾，簪着菊花一朵朵。我姐突发奇想，要给我梳那样的头。

菊花是不缺的，跑到屋后的河边，想采多少，就有多少。想采什么颜色，就有什么颜色。那里，一年四季，几乎都活跃着小野菊们嬉戏打闹的身影。

我们很快采得一大把。红黄橙白紫，五彩纷纭。

我姐照着墙上的画，给我绾头发，在上面横七竖八插满野菊花。

　　我顶着这样的头，跑出去。从村子东头，跑到西头。再从南边，跑到北边。沿途无人不惊奇观望，笑叹："瞧，那小丫头的头。"

　　若干年后，我听到一首歌，歌里这样唱道："醉人的笑容你有没有，大雁飞过菊花插满头。"我的眼泪一下子涌了出来，觉得那是在唱我的少年。

点绛唇

这个词牌名，我喜欢得很。每次读它，我都不自觉地要摸摸嘴唇，然后，想找出一支口红来，在唇上点上一点。

它还演绎出别的名字，什么"点樱桃"啦，"十八香"啦，"南浦月"啦，"沙头雨"啦，我以为，都不及这"点绛唇"好。抹上一点胭脂，只轻轻一点，那唇就红了，就艳了，就生动了，就美得惊心了。如一朵石榴花开在唇上。

它自然与美人有关。

南朝醴陵侯江淹，在他还是青春少年郎时，于江南二月里踏青，在陌上逢着一美人，惊若天人，念念不忘，遂写下一首《咏美人春游诗》：

> 江南二月春，东风转绿苹。
>
> 不知谁家子，看花桃李津。
>
> 白雪凝琼貌，明珠点绛唇。
>
> 行人咸息驾，争拟洛川神。

诗里的美人肤白如雪，最是那一点红唇，艳过桃李，行人都看呆了，以为神女降临。

诗里的这一点红唇，同样惊艳了五代词人冯延巳，他拿来定调填词，取名《点绛唇》：

荫绿围红，梦琼家在桃源住。

画桥当路，临水开朱户。

柳径春深，行到关情处。

颦不语，意凭风絮，吹向郎边去。

词里也有美人，名梦琼（又有人说是飞琼的，是当时名妓，人美，歌喉美），红唇未启，柳眉微颦，心思似柳絮飘飞。

后来的文人，都以冯调为基调，在此基础上或增或减，填出不少的《点绛唇》。

宋人汪藻写的两首《点绛唇》，基本沿袭的是冯延巳的调子，成了宋代词人通用的格律。

我很喜欢汪藻写的《点绛唇·高柳蝉嘶》：

高柳蝉嘶，采菱歌断秋风起。

晚云如髻，湖上山横翠。

帘卷西楼，过雨凉生袂。

天如水，画楼十二，有个人同倚。

词里未见美人，美人却无处不在。她在采菱的歌声中。在渐起的秋风里。在翠微的山色中。在夕照的霞光里。天凉如水，画楼斜倚，我知道，她的唇上，一定点着一点红，恰如一颗红樱桃。

阮郎归

这是在等人。等的人，是阮郎。

阮郎又是谁？在等的人又是谁？最后，阮郎归了吗？

每读到这个词牌名，我会脑补很多慢镜头，无一例外的，都是倚门眺望。

是涂山氏女，守望外出治水的丈夫归来。十天，二十天。一个月，两个月。一年，两年……然心系天下苍生的大禹，却三过家门而不入。最后，涂山氏女望成了一块望夫石。

是《诗经》年代的某个夜晚，风雨凄凄鸡鸣喈喈，女人在等外出的男人归。结局是好的，既见君子，云胡不喜——她的良人终于回来了，她的头痛病心口绞痛病，瞬间都好了。然战乱频繁，更多的女人，却等不回她那征战沙场的夫君了。

是战国的兵荒马乱中，倚门盼儿归的母亲。十五岁的儿子出门去，母亲殷殷对他说："女朝出而晚来，则吾倚门而望；女暮出而不还，则吾倚闾而望。"天下多少的慈母，也都是这么倚门而望倚闾而望的。

真正的阮郎，被记在宋人编的一部大书《太平广记》中，其中的《神仙记》中载有这样一则故事：

家住天台山脚下的乡邑青年阮肇和刘晨，一天，结伴上山去采药，却在山谷里迷了路，被困十多天，幸好他们发现了一棵桃树，摘得桃子充饥。他们用杯子取水喝，意外的是，竟有鲜艳的芜菁叶从山腹流出，还有热乎乎的胡麻饭。他们美美地吃了一顿。

以为不远处定有人家，他们高兴寻去，寻到一条溪边，遇见两个妙龄女郎。女郎一见他们就欢笑，口称二位郎君，还嗔怪道，怎么来晚了呢？似乎她们一直在等他们。

他们被女郎引到家中。女郎的家中金碧辉煌，红幔飘拂，婢女仆人，个个欢腾，说是女婿来了，用精美的酒菜招待他们。吃喝正酣之际，又有一群女子拿着桃子前来祝贺。他们被留在了山中，一待就是十天，却想家想得厉害，于是向女郎请求，允他们归家。女郎不允，苦苦挽留，这一留，半年就过去了。

转眼春至，山里一派鸟语花香。面对大好春光，阮肇和刘晨二人，更添了思乡愁绪。女郎知道再也留不住他们了，无奈地送他们出门，指点了他们回家的路。他们一路飞奔，回到魂牵梦萦的乡邑。曾经的家园，却早已物非人非，找不到一丁点影子了——山中半年，世上已过了十代了。

后来，刘晨重新入世，娶妻生子。而阮肇却看破红尘，入山修道去了。

这故事读来让人怅怅的，虽有鲜桃有美酒，有艳遇有佳人，底调却是悲的，是丢失的家园，再归不去了。丢失的亲人，再等不到了。故李后主在给此词牌定调时，是作凄音的。国破家亡，他才是真真切切的一个归不去的阮郎啊：

东风吹水日衔山，春来长是闲。
落花狼藉酒阑珊，笙歌醉梦间。
佩声悄，晚妆残，凭谁整翠鬟？
留连光景惜朱颜，黄昏独倚阑。

天上人间，流水落花，走的都是不归路。

清平乐

挺偏爱这个词牌名的，满溢着平安喜乐的气息。

是在那样的乡村：架在沟渠上的水车，吱呀吱呀响着。池塘边的苇和茅，高过人头，有水鸟扑扑扑在里面欢腾。母鸡跳到草垛上，咯咯咯地叫唤。狗无所事事，终日甩着尾巴，在村子里闲遛。小麻雀如一些逗号，布满空中，它们永远有着说不完的话，喳喳喳，喳喳喳。炊烟袅袅地升上屋后的树顶了。刚断奶的小羊，跳着来迎接归家的主人。

场院边乘凉，天上的星星密如枣子。东家的与西家的拉着家常，话语呢喃如虫鸣。不远处，爬到草垛上的南瓜花，怕是做了一个噩梦，啪的一声，掉落，惊起了正在发呆的小猫，它迅速冲过去。萤火虫多得像灶膛里的火星子，明明灭灭。大人们教小孩子认天上的星，哪颗是牵牛，哪颗是织女。星星们都长得一模一样，孩子哪里认得？他们嘴里嗯嗯啊啊着，心思已飘到别的地方去了——草丛里的蟋蟀叫得真是响亮，去捉。

清静平和的日子，无波，亦无浪，心底却跳动着一股子的天真和热情。天也长着，日也久着，人永远都在，一个不少。

真正《清平乐》词牌名的由来，却让我有点小失望，它是唐教坊曲，取自汉乐府里的"清乐""平乐"两个乐调，后成词牌名。这里的"乐"，是音乐的"乐"，而不是快乐的"乐"。

也有学者提出异议，认为它的最早出处，应该是在东汉班固的《两都赋》中：

> 臣窃见海内清平，朝廷无事，京师修宫室，浚城隍，起苑囿，以备制度。

东汉迁都洛阳，至明帝时，都城规模初成，有了暂时的稳定和和平，彼时倒是宜弹一曲《清平乐》的。

我却愿意作这样的臆想，是在唐代，在那段四海升平的繁茂时期，有那么一个乐师，一次，他偶然途经一个村庄，就像闯进了陶渊明笔下的桃花源。只见屋舍齐整，良田平展，阡陌纵横，鸡犬相闻，男女老少皆自得其乐。乐师大受震动，回京师后，作一曲《清平乐》，交教坊演习，渐渐盛行开来。后来的词人据此调填词，填着填着，就离原先的快乐远了，而变得忧伤，是"鸿雁在云鱼在水"，此情再也无处可寄。

南宋词人辛弃疾却是个例外，我不知他是有意还是无意，他在他的《清平乐·村居》中，让清平之乐，真正地乐了起来：

> 茅檐低小，溪上青青草。
> 醉里吴音相媚好，白发谁家翁媪？
> 大儿锄豆溪东，中儿正织鸡笼。

最喜小儿亡赖，溪头卧剥莲蓬。

真想走回去，走回去，走到那茅檐底下，逗弄一下小猫小狗。走到那小溪旁边，弯腰捞起一捧莲蓬，躺到青青的草地上，边剥边吃，嘴里浸润着的，全是莲子清甜柔嫩的滋味。彼时，天空瓦蓝瓦蓝的，一副长生不老的样子。

如梦令

后唐庄宗李存勖，真是个矛盾重重的人物，一方面，他有着雄才伟略，骁勇善战，为后唐打下大片疆域；另一方面，他骄淫无政，宠信伶人，致使邺都兵变，随后又出现了兴教门之变。他亲率宿卫出战，中流矢而亡。

读他的小令《忆仙姿》，我忍不住想，人生总是有缺口的吧，得意时，失意就在一边候着。做人一场，有时真的好比大梦一场：

> 曾宴桃源深洞，一曲舞鸾歌凤。
> 长记别伊时，和泪出门相送。
> 如梦，如梦，残月落花烟重。

酒再浓，舞再欢，总有曲终人散时。刚刚的舞鸾歌凤，不过是仙梦一个，夜雾深重，只剩残月落花。这样的小令，应验着他最后的结局，如同谶语。

若干年后，苏东坡在泗州雍熙塔下沐浴之时，听人弹奏《忆仙姿》，不喜其曲名，嫌其不雅。他想到李存勖的这阕小令，对其中

"如梦""如梦"的叠词印象深刻。遂取出"如梦"二字，改《忆仙姿》为《如梦令》，并当场填词，戏作两阕：

> 水垢何曾相受，细看两俱无有。
> 寄语揩背人，尽日劳君挥肘。
> 轻手，轻手，居士本来无垢。

又：

> 自净方能净彼，我自汗流呀气。
> 寄语澡浴人，且共肉身游戏。
> 但洗，但洗，俯为人间一切。

我初读时，笑了，洗个澡，他也能如此轻松诙谐地说出一番道理来，真不愧是苏东坡。笑完，却感动了。在这之前，他因乌台诗案受到迫害，被贬黄州。这样的打击，换个人来，一定如同做了噩梦一般，自此颓废下去。他却欢笑如常，把那一页当一粒尘一样的，轻轻掸去。于嬉笑中，表明他的人生态度，要做个自身洁净的人啊，为了这人间一切。

他的《如梦令·春思》，更是活泼俏皮。被贬的日子，硬是让他过出了世外桃源的好滋味。纵使人生如梦，他也要让那梦境镶上青绿蓬勃的边子：

> 手种堂前桃李，无限绿阴青子。

帘外百舌儿，惊起五更春睡。

居士，居士，莫忘小桥流水。

这样乡居的日子，真令人向往，堂前种着桃树、李树，上面结满果子。帘外有鸟雀饶舌，天天老早就把人叫醒了，似乎在一迭声地唤着他：起床吧，起床吧，还有小桥流水在等着您哪。

李清照的《如梦令·常记溪亭日暮》，也是这般活活泼泼的。那应是李清照一生中，最值得记取的好时光吧：

常记溪亭日暮，沉醉不知归路。

兴尽晚回舟，误入藕花深处。

争渡，争渡，惊起一滩鸥鹭。

人生不易，三十年前仰望月亮时的天真，到三十年后，已化成唇边淡淡的一个笑纹。既如此，有些事情就不必过于执着过于认真，只要活得有趣，活得尽兴，便好。

生查子

　　有些词牌名，很叫人捉摸不透，似是而非得很。前人在给它们命名时，大概也不是十分认真的，他们有时谱出一首曲子，或弹出一支小调，懒得想名字了，就随便安个名字上去，只是为了区别一下这是张三、那是李四而已。

　　这就叫后人很为难了，有时磕破脑袋了，也想不通它到底为何叫这个名——我们总想追寻到它最初的意义，还原当初唐教坊里吹笙鼓琴的热闹场景。

　　比如这个"生查子"。

　　"子"是曲的意思。隋唐以来，曲都称"子"。"生查子"也就是生查曲。那么，"生查"又是何意？

　　有人脑洞大开，引经据典，深挖出古语里，"生"的音有时读"星"，"查"是"楂"的简笔写法，"楂"又通"槎"。"生查"也就是星槎，星槎是一种木筏子，说是能通天河。这下子就跟民间传说联系上了。

　　故事发生在西汉时期，传说那时天河与海是相通的。有居住在海上小沙洲的一个人，年年八月里，都看见有木筏子在他家门口来来去去，从不误期。他好奇得很，就在木筏上造了间小阁，备足粮食，乘着木筏子随海一路漂去。这一漂，就漂到了天河。这人遥见天河的那端有宫殿，不少女人在里面织布。河的这端有一个男人在河边饮牛。彼此见着，都大吃一惊。这人诉说了他来此的经过，问男人，这是什么地方？男人告诉他，你回到蜀郡，去拜访你们的严君平就知道了。这个人回去之后，真的去拜访了当时以卜筮闻名的严君平。严君平说，某年某月的某一天，有外来的客星，冲撞到牵牛星了。这个人震惊不已，那一天，恰好是他到达天河，见到饮牛男人的日子。

我对这个传说不大满意。我想，这个人好不容易才到了天河，总该有所得才是，最好来一场艳遇什么的。当然，最后的结局要多凄美有多凄美。就像牛郎和织女。

持有我这种想法的应该大有人在。等它入了谱，成一支曲子叫《生查子》，在唐教坊里弹响的时候，它的底调，是失落的、愁怨的，是与恋情有关的。故而五代的文人们最初给它填的词，大多是忧伤的、悲凉的，出现了诸如"肠断断弦频，泪滴黄金缕""红豆不堪看，满眼相思泪"之类的句子。

到了两宋，它有了很多变体，词调活泼多样起来，题材也宽广了许多。比如，辛弃疾的一阕《生查子·独游西岩》：

> 青山招不来，偃蹇谁怜汝？
> 岁晚太寒生，唤我溪边住。
> 山头明月来，本在天高处。
> 夜夜入青溪，听读《离骚》去。

这真是个美好的夜晚呢，虽有点清寒，但有青山在，明月在，还有，手执诗书的人在。倘若乘一只竹筏，顺着那月光的小溪，一路漂下去，最终会漂到哪里去呢？人生的失意不必太过在意了，这么好的夜晚，适合读一读《离骚》，满青溪的月光，都跑来倾听。

满架秋风扁豆花

说不清是从哪天起，我回家，都要从一架扁豆花下过。

扁豆栽在一户人家的院墙边。它们缠缠绕绕地长，你中有我，我中有你。顺了院墙，爬。顺了院墙边的树，爬。顺了树枝，爬。又爬上半空中的电线上去了。电线连着路南和路北的人家，一条人行甬道的上空，就这样被扁豆们很是诗意地搭了一个绿棚子，上有花朵，一小撮一小撮地开着。

秋渐深，别的花且开且落，扁豆花却且落且开。紫色的小花瓣，像蝶翅。无数的蝶翅，在秋风里舞蹁跹。欢天喜地的。

花落，结荚，扁豆成形。四岁的侄儿，说出的话最是生动，他说那是绿月亮。看着，还真像，是一弯一弯镶了紫色边的绿月亮。我走过时，稍稍抬一抬手，就会够着路旁的那些绿月亮。想着若把它切碎了，清炒一下，和着大米蒸，清香会浸到每粒大米的骨头里——这是我小时的记忆。乡村人家不把它当稀奇，煮饭时，想起扁豆来，跑出屋子，在屋前的草垛旁，或是院墙边，随便捋上一把，洗净，搁饭锅里蒸着。饭熟，扁豆也熟了。用大碗装了，放点盐，放点味精，再拌点蒜泥，滴两滴香油，那味道，只一个字，香。打嘴也不丢。

这里的扁豆，却无人采摘，一任它挂着。扁豆的主人大概是把它当风景看的。于扁豆，是福了，它可以不受打扰地自然生长，花开花落。

也终于见到扁豆的主人，一整洁干练的老妇人。下午四点钟左右的光景，太阳跑到楼那边去了，她家小院前，留一片阴。扁豆花却明媚着，天空也明媚着。她坐在院前的扁豆花旁，膝上摊一本书，她用手指点着书，一行一行读，朗朗有声。我看一眼扁豆花，看一眼她，觉得它们是浑然一体的。

此后常见到老妇人，都是那个姿势，在扁豆花旁，认真地在读一页书。视力不好了，她读得极慢。人生至此，终于可以停泊在一架扁豆花旁，与时光握手言欢，从容地过了。暗暗想，真人总是不露相的，这老妇人，说不定也是一高人呢。像郑板桥，曾流落到苏北小镇安丰，居住在大悲庵里，春吃瓢儿菜，秋吃扁豆。人见着，不过一乡间普通农人，谁知他满腹诗才？秋风渐凉，他在他居住的厢房门板上，手书浅刻了一副对联："一庭春雨瓢儿菜，满架秋风扁豆花"。几百年过去了，当年的大悲庵，早已化作尘土。但他那句"满架秋风扁豆花"，却与扁豆同在，一代又一代，不知被多少人在秋风中念起。

大自然的美，是永恒的。

清学者查学礼也写过扁豆花："碧水迢迢漾浅沙，几丛修竹野人家。最怜秋满疏篱外，带雨斜开扁豆花。"有人读出凄凉，有人读出寥落，我却读出欢喜。人生秋至，不关紧的，疏篱外，还有扁豆花，在斜风细雨中，满满地开着。生命不息。

小乐趣

生活中有些小创意，确实有趣。比如，在鸡蛋壳里养花。

长小多肉最好。一个鸡蛋壳里，正好可以养上一粒小多肉。肉肉的小植物，实在能把人的心萌化了。

吃剩的水果核，丢到土里，也都能长出一盆绿来。发芽的马铃薯，埋到花盆里吧，过些日子，你就能欣赏到马铃薯的花，不比兰花差。吃红薯的时候，我想起来，要留一半种着玩。结果，半块红薯，硬是给我长出一大盆的藤蔓，牵牵绕绕，自成风景。

我还在花盆里种过花生、黄豆，看它们冒出芽芽，一点一点长成，特有成就感。

矿泉水的空瓶子，拦腰剪成两半，一半种胡萝卜，一半养绿萝。可用绳子穿起来，我高兴挂床头就挂床头，高兴挂书房门上就挂书房门上，看着养眼养心。

去海边玩，捡回几个海螺贝壳。在里面种花，也好。最好是种太阳花。这花命贱，沾点土就能成活，我顶喜欢种它。随便掐一段，插进去。不几天，也就生根了。不几天，也就开花了。刚好一朵红。贝壳驮着那朵红，像是欢欢喜喜地去赴宴会。

洗衣液用完，那瓶子我不舍得扔。修修剪剪，可插一束小野花。好看得仿佛它本就应该做个花器。也可做笔筒。我不嫌麻烦，给它做了个小布兜，兜住，摆书桌上。有多少笔都可以插进去，它的容量实在大。有种拙朴的天真。看着这个笔筒，我很想多买些笔回来，多写些字。

今日出行，在小河边，捡了个坛子回来。它半埋在泥土里，上面有青草蔓生。是谁家的腌菜坛子，不用了，把它当垃圾扔了。我眼尖，觉得青草下面有宝。我挖了一手的泥，也是顾不得的。捧着它回家，挺乐的。

洗洗涮涮，它变干净了，褐色的釉面，闪闪发光，实在是很可爱的一只坛子。我没想好拿它做什么。我可以在里面种葱。或者，种种铜钱草。或者，养几枝荷花。要不，装装零食亦可。

生活的迷恋之处，多半是因为有这些小乐趣在，无须花费太多，就能获得。

第五辑

每一粒时光，都含着香的

十年后的春风在等你。二十年后的冬雪在等你。三十年后的老酒在等你。四十年后的月色在等你……

美的感知

秋日的午后，我去医院看望我的老父亲，他身体里好些机器零件已完全失灵，出入医院成为家常。我提着带给他的一堆儿东西——面包、水果、八宝粥、卷纸、毛巾，一路慢慢走过去。我没有选择乘车，实在是因为，我太喜欢走路了，它让我可以不时抬头看天，低头见花。我也因此总能有新的发现，新的收获。每一次走路，在我，都是一场美妙旅行。

紫薇继续在做着绮丽的梦，把些红颜色紫颜色白颜色，一点点涂上身，流光溢彩。我站定，看它们，每回看，都有新的柔软碰触我的心。植物的活法，岂不是人的活法？人类从它们身上，总能学到点什么，比如热情，比如执着，比如慷慨。我又想到那样的诗句"青瓷瓶插紫薇花"，这简朴的清供，实在动人。日子的美好，原在这样的简朴中。

海棠的叶子掉得快，一棵树上，只剩为数不多的叶子，明黄着，褐红着。枝条上却有晚开的几朵花蕾，羞涩地绽放出一点粉一点红，实在叫我惊喜啊。它们就像开窍晚的孩童，只要你肯付出一点儿耐心，它们也会走进自己的锦绣光阴里。栾树霸气外泄，跟武则天似的，一边开花，一边炫耀着它的大丰收，光芒四射。也难怪，它有足够底气，花朵金黄，果实彤红，都是艳丽得不能再艳丽的。我冲它赞许地点点头，内敛也不全是好事情，该炫的时候，还是适当地炫炫吧。不然，这世界该少去多少色彩和生机啊。草地上的彼岸花成群结队，血红血红的，这是故意扮演精灵鬼怪出来吓人哩。我被它们逗乐了，弯腰对它们说，你们这点小把戏，能吓住谁呢？银杏树开始描黄，叶子们在黄绿之间雀跃着。秋渐深，大自然的散学典礼快举行了。它们都是优秀的毕业生。

我又抬头看天，这是我最喜欢做的事。我以为没有什么事物的语言，比天空的语言更生动。这时的天空，带给我的，除了震撼，还是震撼，透明的、干净的，像溪水一般流淌的天幕上，白云朵驾着风马在赛跑。又仿佛有着上千顷的茅花，齐齐盛开，随风飘拂。

有好一会儿，我如禅定了一般，站着，就那么傻傻望着天空。我的心，像一颗小小的贝壳，被巨大的美冲击着、洗刷着，变得圆润晶莹。等我见到我的老父亲时，我一直在笑着，我告诉躺在床上的老父亲："爸，你知道现在外面的天空有多美吗？天蓝得像个蓝瓷瓶哎，而那些白云朵，就像是插在蓝瓷瓶里的白茶花。"

我的老父亲静静躺着，听我描述，听着听着，他脸上浮上笑。是的，我把这个美的天空也带给了他，让他感到，他从未与这个世界脱节，他还活在这样的美好里。

这是美的感知。人类需要的，正是这种感知美的能力，使寻常的活着，有了趣味。当我们拥有这样的能力，我们才会发现，美，无处不在。一枚跳动的叶子，是美的。一只迷路的蜜蜂是美的。

风吹过栾树的声音是美的。两个老人相互搀扶的背影是美的……

我把我的所见，分享给我的一个朋友。她时常对我抱怨，她的生活是多么多么无趣，整天沦陷在俗世的琐事中，无力挣扎，早已忘却快乐是怎么一回事了，心里常无来由地堵得慌。我建议她，每天匀出五分钟，抬头看看天空，低头看看大地吧，你的心境，会慢慢发生变化的。

我想，再忙的人，每天五分钟的时间总能挤出的吧？五分钟，我们可以等一个月亮升起来。可以听一朵花唱唱歌。可以看夕照染红一条河。可以陪着一只蜘蛛织出半张网。天空和大地的内容，实在太丰富了，丰富得我们的眼睛和心灵，根本装不下，生活又何来的无趣呢？当我们握住这五分钟的空闲，慢慢的，我们迟钝的神经，会复苏成敏锐。天地间的美，才真正成为我们生活的一部分。

喂养眼睛

早起读书，读丰子恺文，读到这么一段：

人生为衣食而奔走，其实眼睛也要吃，也要穿，还有种种要求，比嘴巴和身体更难服侍呢。

眼睛会渴，会饥，会冷，会寒，会孤单，会寂寞。眼睛渴了、饥了，眼神会黯淡无光，人会变得无精打采。眼睛冷了、寒了，眼神会瑟缩成冰，心也会跟着凝结成冰。

一个人的孤单和寂寞，是写在眼神里的。一个人的快乐与美好，也是写在眼神里的。我们说，灵魂需要喂养。其实，是眼睛需要。眼睛丰富丰满了，灵魂才会丰富丰满。眼睛若是贫瘠干枯的，灵魂必也是枯涩荒凉，沙砾遍布。

我们要喂养眼睛些什么才好呢？自然界的花草树木，日月星辰，山川河流，风霜雨露，虫鸣鱼跃，鸟唱蝶舞，这一些，对眼睛来说，都是必不可少的营养。我们的眼睛，时不时地"吃"下这些，才会变得富有色彩灵动温润。才会有日月明朗，四季分明。也才会有喜悦，有热爱，有美好，有着追求和向往。

我们还要喂些艺术给眼睛。文学、舞蹈、美术、建筑……这些人类智慧的结晶和瑰宝，我们的眼睛，怎能错过！当我们的眼睛"吃"下这些时，我们的眼神，才会变得醇厚、深邃和丰满，而不是轻飘飘。我们的生命和精神，也才会有厚重有高贵。

眼睛是不会说谎的，当我们喂它美好时，它会在心中生长出一份美好来。当我们喂它丑陋时，它会在心中种出一份丑陋来。我们看一个人的素养高低，只要看看他的眼睛，也就能判断个八九不离十了。眼神是清澈的、洁净的，心灵必也是。眼神是混浊的、邪恶的，心灵必也高尚不到哪里去。泄露一个人秘密的，往往不是别的，而是一个人的眼睛。

认识一个老者，八十八岁了，须发皆白，脸上多斑点和皱纹，是一棵老树掉光叶的样子。然他的一双眼睛，却叫人难忘。那双眼睛不大，却明亮，明亮透了，可以用星子作比喻。老人一生有两样爱好，一爱种花草，二爱画画。花草种了一辈子，他的两间小屋，搞得像个小花园，什么时候去看，都有花在热闹地开着，红红黄黄一大片。画也画了一辈子，对着他种的花花草草画，画稿一摞叠着一摞。问过老人一个很俗的问题，您画了这么多年，想过成名成家吗？老人呵呵笑了，眼睛微微眯起来，两粒星子在里面跳跃，他说，哦，我画，只是因为我喜欢画，与别的没有关系哦，我娱悦的是我自己。

眼睛明亮，方得精神明亮。老人用他的花与画，喂养了眼睛，清澈了心灵。他一生做着一个明快洁净的人。

他只是隐居去了

你说不知道从何说起，你走在人生的路上，丢了最疼你的人。你的天空，掉落了一颗最亮的星星。

你说是在接你放学的路上，出的车祸。你最爱的老头——你的爷爷，倒在血泊中。而你蹲在他身边，什么也做不了。你眼睁睁看着他的呼吸越来越弱，直到一点声息也没有了。老头走了，没有看你最后一眼就走了。你只觉得天空一下子塌了。你好悔恨啊，那个强势了一辈子的老头，你还没来得及对他说一声你爱他。

好些天过去了，你都没能从那场噩梦中走出来。你问我，我还能走出来吗？我想老爷子了。

听你说这些话时，我桌上最后一朵水仙花，谢了。这盆水仙跟了我整整一个冬天。我没有惆怅，收拾好它，把它埋到楼下的花坛里。我坚信，那土里会长出什么来。比如说，长出几棵狗尾巴草。长出一蓬繁缕。长出几丛婆婆纳。有时也会很意外地，长出一些苋菜来。当然，也会长出水仙的。这世上，所有的别离，终会再度重逢。

我奶奶倘若还活着，今年应该整整一百岁了。她是在八十八岁那年离开我的。我与她感情深厚，她走了，我曾无数次被梦惊醒。却没有过多感伤，我知道，她并没有真正消失。她或许变成了一棵草、一只鸟，或许变成了一缕风、一朵云。每每看到枝头绽放的花朵，我都忍不住想，那里面肯定有一朵，是我奶奶变的——我奶奶生前是很爱花的。而终究有一天，我也会成为枝头的一朵，我们会在一棵树上重逢。这么想着，我便获得无穷的勇气，快乐地活着了。

亲爱的，你掉落的那颗星星，它肯定也在地上长出什么来了。它或许长出了一棵草。或许长出了一棵树。又或许，它变成了一只调皮的小虫子，在草丛间幸福地鸣唱。

一个叫林清玄的作家，生前跟人讨论生死，曾说过这样一番话："其实生跟死没什么两样……就好像移民或者搬到别的城市居住，总有相逢之日。"他走时，很突然，什么预兆也没有，连衣袖也没有挥一下。他的家人，他的朋友，还有无数的读者，没有过多悲伤，大家只当他是去往极乐世界，或者去了琉璃净土，依然干着他的老本行，读书，写作，泡着月光喝茶，没有丁点儿改变。

亲爱的，你也可以这么想，你那个强势了一辈子的老头，他住腻了我们住的这个地方，跑去别处玩儿了。他这回可任性了，非要一个人远离红尘去隐居不可。他可能住到了一个四面环水的小岛上，整天在那里钓鱼晒太阳。也可能跑到哪座深山老林里去了，在那里与松鼠们做邻居。还有可能在哪个雪谷里种花种草，种云种月，做着神仙老爷爷。

是的，他只是换了一个地方居住，他好着呢。你也要活得好好的，珍惜身边人。

别辜负自己

你说你十六岁，却越来越迷茫了，你说你不知道为什么要学习。你说你并不优秀，父母对你的期望却很高，你怕辜负他们的期望，你很焦虑。

十六岁，多好的年纪！

我想我的十六岁了。

那个时候，我刚从乡下的初级中学，考到镇上的完中去读书。我穿着我妈纳的土布鞋，背着我妈缝的花格子书包，被城里同学取笑成，乡下泥腿子。

那个时候，我像只慢慢爬行的蜗牛，自卑地把自己封闭在一个壳里面。我家境贫寒，长相算不得出众，人又算不上顶聪明，唯一公平的是，我可以和别的孩子一样，坐在教室里读书，我可以和他们一起聆听老师的课，一样地享受阳光、清风和明月。

我爸妈从没给我说过什么人生大道理，他们只是把做农活的农具给我备好，钉耙、锄头和扁担。我的出路写得明明白白，倘使书读不下去，只有回家，回到我那偏僻的乡下，扛起钉耙、锄头和扁担，以后找个人随便嫁了，重复着祖祖辈辈的日子。

这很现实，命运由不得我做出另外的选择。那么，好，我只有埋头好好读书。我信，勤能补拙。当别的同学在睡觉的时候，我在学习；当别的同学逛街的时候，我在学习；当别的同学玩耍的时候，我还在学习。大家的智力其实都差不多，唯一的差距，就是有人肯付出努力，有人不肯罢了。

是的，我很勤奋，这个习惯，从我少年时就养成，一直到今天，都未曾有所改变。它没有使我变得有多杰出有多了不起，但足以使我变得更美好，使我成为我想成为的人。

亲爱的，你说你不知道为什么要学习。答案其实很明朗，就是为了使你成为一个更好的你啊。在我的记忆里，我最感谢的，就是中学那段勤奋的时光，它让我从我的乡下走出来，走到更广阔的天地里，走到更多更远的地方，阅览了人世间更多的风景。

每一个生命，都是这个世上独一无二的存在。亲爱的，不要轻易就给自己下结论，我不行，我不优秀。怎么来评价这个优秀？是事事出人头地，到哪儿都金光闪闪？这是不可能做到的。山外有山，天外有天，谁也做不到登峰造极。我所理解的优秀，是能守得住寻常光阴，走好脚下的路，一步一踏实，积极、努力、阳光、友善。当前行的路上，遇到一些挫折时，焦虑没有用，着急没有用，哭泣没有用，唯一有用的，就是努力去克服。努力了，才能有所改变。也许最终无法达到别人眼中的那个优秀，但是，因为努力，我们会让自己更接近那个更好的自己。不是吗？

写到这里，我想起有一年去拉萨，遇到一个从芒康来的年轻母亲，她带着她的三个女儿，到拉萨读书，最大的女儿上幼儿园，最小的女儿还在吃奶中。我不解，问她，芒康没有学校吗？她告诉我，也有的，但拉萨的教育资源多啊，我想让我的女儿们接受更好一点儿的教育。她说，有文化多好啊，哪怕是做生意，有文化的人和没文化的人就是不一样。她说她没文化，但她希望她的女儿们都能做个有文化的人。

对每个人而言，真正最怕辜负的，不是别人，而是自己。我们的职责只有一个，找到自我，然后，一心一意地爱它。用热情点亮它，用善良滋养它，用知识武装它。使它快乐而充满自信，这是我们一生要做的功课。

捡拾幸福

我上下班，常要从一条小巷过。有时骑车，有时乘车，更多的是步行。

小巷很有些年岁了，两边的房都泛着灰，像穿旧的蓝布衣。大多数是老式平房，有天井纵深。朝向巷道的一面，开着小店，卖些杂七杂八的日常生活用品。还有蛋糕店、馒头店、卤菜店、理发店、水果店、裁缝店和一家报亭。一些小摊见缝插针摆在路边，是些乡下农人来卖时令果蔬的，蚕豆上市了卖蚕豆，草莓上市了卖草莓，青菜上市了卖青菜。来自山东卖炒货的一对老夫妇，在一幢房的边上，搭了棚屋住，一住就是二十多年。炒货一袋袋，热腾腾，摆在棚屋门口卖。那里的空气中，便常伴着炒货的香。

巷道边上，长着成年的海桐、栾树、荷花玉兰和合欢，绿顶如盖。人是有福的，抬头就能看见花。红色的，黄色的，白色的，或是淡淡的胭脂粉，大团大团的，大朵大朵的，总是不知疲倦地开着，云蒸霞蔚。只是日日相见，我们多的是熟视无睹，步履匆匆，花红花白，不落到心里一点点。

那日，我又经过小巷，照例行色匆匆。我走过一家小店，又一家小店，无意中一瞥，看见卖炒货的那对老夫妇，正守着他们的炒货摊，在合吃一只橘子。午后三四点，风轻云淡，客少人稀，这清闲的一段时光，是属于他们的。他们肩并肩坐在那儿，你一瓣橘，我一瓣橘，脸上是闲花落尽后的恬然。

我被他们手中的一只橘子击中，傻乎乎地看他们，看得眼睛湿润。我望见了这个尘世间最朴质的相守，无关乎山盟，无关乎海誓，无关乎富贵荣华，只要稍稍转过头来，你就能望见我，我就能看见你。

我眼前的寻常，突然变得样样生动。那些旧的房，是生动的，一缕阳光斜斜地打在上面，波光粼粼，如无数的小鱼在跳舞；守着小摊卖水果的女人，是生动的，唇上一抹红，印在她黝黑的脸庞上，分外夺目。显然，她是认真抹过口红的；有孩子的笑声，从幽深的天井里传出来，清脆丁零，是生动的。他在玩什么游戏呢？童年时光，寸寸金色；乡下来卖果蔬的老农，是生动的。他半蹲着，笑眯眯看街景，脚跟边，堆一堆新鲜的芋头。我买几只，想回家做芋头羹吃。他帮我挑拣大个儿的，殷殷说，全是地里长的呢。为他这一句，我笑了半天。

还有那些树，是生动的。我稍一仰头，就与一捧一捧的红蒴果相逢。那是栾树的果，望过去，像纸叠的红灯笼。它把生命的明艳，一丝不苟地篆刻在秋的册页上。

迎面走过来的女孩，是生动的。她手捧一盆新买的玉簪花，且走且乐，脚步轻盈，眉目飞扬。

我不再急着赶路，而是慢慢走，微笑着看。看天，看地，看树，看花，看人。我像踩着一朵云在走，心里充盈着说不出的美好。

这个寻常的秋日午后，我捡拾到了大捧的幸福，那是一只橘子的幸福。一缕阳光的幸福。一抹口红的幸福。一朵笑声的幸福。几只芋头的幸福。一捧红蒴果的幸福。一盆玉簪的幸福。是这个恋恋红尘中活着的幸福。

每一粒时光，都含着香的

少年，你说你强烈讨厌身边每一个人，包括父母。你说你总能在别人身上看到人性的劣根，你很痛苦。你说你的活着，就是为了考个好大学，这太令人绝望了。你说你现在满脑子只有死亡。你问我，是不是唯有死亡，才能彻底解脱？

少年，你先冷静一下好吗？是的是的，这世上，从来没有完美之事。花开了会谢。月圆了会缺。潮水涨了会落。春去了冬会来。谁都不能做到尽善尽美，父母也好，你身边的那些人也好，包括你，都一样。所以我们才要不断学习，不断修炼，以期做得更好一些，遇见一个更好的自己。

我们活着，不为别的，只为好好活着。考大学或者选择走别的什么路，都是为活着服务的。一般来说，拥有的知识越多，视野就会越开阔，兴趣也就会越广泛，你的生活质量就会越高，满足感和幸福感就会越强。

少年，我不知道死亡，会不会彻底帮你解脱，我只知道，能活在这世上，是多么幸运。如果没有活在这世上，就看不到春风是怎么吹绿了杨柳，吹破了桃花、梨花和李花；就听不到夏蝉在树上演练合唱。青蛙在水洼里敲着战鼓。满天的星斗，好似无数粒小蝌蚪在游。吹着夏夜的凉风，吃着冰镇西瓜，也是一大享受哦；秋天更好了，可以看到一片一片叶子，在树上沸腾起来。风腌制着桂花，一捧一捧的醇香，你天天免费品尝。秋虫在草丛中，鸣唱如落雨。秋月弯了又圆，圆了又弯，都是亮晶晶的。晨起时，草叶上的露珠，闪烁如钻石；冬天也好，天地都是清冷干净的，不芜杂了，不喧闹了，可以安安静静读点书，等着一场雪悄悄降临。你看，活着多好啊，每一天都有日头照着，每一天都能有新的遇见。何况，你正青春年少着呢？有多少意气风发的事，还没有去做呢。比方说，谈一场轰轰烈烈的恋爱。比方说，来一场说走就走的旅行。

世界真的好大，你没见过的风景太多。布达拉宫的平台上，有燕子飞过。新疆满铺鲜花的草甸旁，有雪山矗立。西双版纳的丛林里，有成群的蝴蝶舞蹁跹。洱海边的风，吹走彩色的云。松花江畔，丁香花如江水漫溢。更不消说，去听听科罗拉多大峡谷的瀑布唱歌。去莱茵河畔散散步。去美人鱼的故乡，看望坐在那里的美人鱼……

亲爱的少年，十年后的春风在等你。二十年后的冬雪在等你。三十年后的老酒在等你。四十年后的月色在等你……每个人来到这个世上都好不容易啊，说是万年修得一回也不为过，总得把这世上所有的酸甜苦辣一一尝到，才不枉活过一场。

亲爱的少年，学会爱自己吧。什么乱七八糟的事，你都不要去想了，反正天不会掉下来，地球还在转着，再大的事，大不过天去，大不过地去，还有什么想不开的呢？多读点书吧，培养一两桩兴趣爱好，闲时不妨看看天上的流云游走，听听一片叶子在风中唱歌。如果你愿意细细去品，每一粒时光，都含着香的。

我把今天爱过了

你问我，有没有想过要回到过去？你问我，当意识到再也回不去了，会怎么办？你说你越长大越不开心，心里总像被什么压得沉沉的，想哭，却哭不出。想挣脱，却无法挣脱。

听你说这些话时，我正走在深秋的天空下，去寻找漂亮的叶子。

其实根本用不着寻找，这个时候的天空下，到处游荡着漂亮的叶子。我捡各式各样的叶子。有爬满皱纹的梧桐叶；有生着可爱雀斑的海棠叶；有红珊瑚一般的紫薇叶；有像用黄金打造的银杏叶……哪怕随便一枚草叶子也是好看的，一抹温柔的土黄色。秋天做得最漂亮的事，就是让万物各归其位，带着一生的荣光。

我把捡来的叶子，夹到我的书里面，夹到我的笔记本里。我等于收藏了这个秋天了。我知道明年的秋天，还会有各式各样漂亮的叶子，但它们不会是今年的这一些了。每一个经过的今天，都将成为往昔。而每一个往昔，都不可能再重新来过。

所以我从没想过要回到过去，尽管那里有我的年轻青嫩，有我的无忧无虑，有我的貌美如花。然它再好也是过去的事了，它不属于我了，它只属于记忆。我偶尔会回忆一把，但绝对不会在上面停留太多时间，因为我的时间太宝贵了，我要用来爱今天。爱这个关乎着我的一呼一吸的今天，爱有叶子红着黄着的当下，爱有木芙蓉花还在开着的当下。我把今天爱过了——每一个被我爱过的今天，才是我真正的人生。

亲爱的，我不知道压在你心头的到底是什么。也许是情感上的事情，也许是学业上的事情，也许是对明天的恐惧和迷茫。无论是什么事情，不要逃避它好吗？如果是情感上的事情，若不能继续，就丢开吧。天涯大着呢，芳草会多得迷花你的眼。如果是学业上的事情，你只要尽心尽力就成。不然又能怎样？你若是棵苹果树，就好好做棵苹果树，不要去仰望樟树，每个人做好自己就很好了。至于明天会怎样，那是到了明天你才会知道的事，何苦在今天去愁？再说，愁也愁不来呀。我想，倘若你把今天的路走好了，你的明天，断不会差到哪儿去。

我很想送你一枝桂花。这是我今天新采的一枝。人间有这样的香在，人间多么好。我也很想送你一朵云。今天的云也很好，像无数的白蘑菇，长在天上。有个诗人说，你不快乐的每一天都不是你的。我也很想把这一句诗送你。亲爱的，珍惜当下，过好今天，也就无愧于人生了。

江南小记

一

到江南，在一个叫花桥的小镇住下来。

站在二十一层楼的窗口，视线落下，便可观满眼的青翠葱茏。侧耳，也可听鸟鸣声声。这幢楼的拐角处，有两丛木槿，开紫粉的花。楼前花坛里，有几棵铁树，开金黄的花。还有黄秋英，开艳黄的花。还有紫娇花，开紫色的花。还有波斯菊，开五颜六色的花。此外，有橘子树，有紫薇、玉兰树、樟树、枫树等树木。对我来说，有这些在，够了。

每日散步的路径都有所不同，昨日向东走的，今日就向西走。这方小天地我是初相见，每一份遇见，也便带着很大的意外和惊喜了。遇到我不认识的花或草，遇到猫或狗，遇到清澈的小河和小池塘，我都怀着兴奋，珍重地打着招呼。

林中空地，一个穿红裙的小女孩快乐地惊叫着，蹲下小身子，指着草地上爬着的一只小虫子。这是她发现的，她为这个伟大发现而激动不已。两个小男孩应声跑过去，三只小脑袋凑到一起了，叽叽喳喳对着地上的虫子指指点点。

我也很想凑过去，与他们一同，观看地上那只爬动的虫子。但我瞬即打消了这个念头，那样做，肯定会打搅到他们。还是这样最好，他们看虫子，我看他们，都看得兴趣盎然的。

二

想去古镇看看，抬脚便去。

花桥周边多古镇。周庄看完了，去锦溪。锦溪看完了，去千灯。千灯看完了，准备去南翔。西塘、甪直、朱家角、同里、沙溪等古镇也都离得不远，慢慢走，慢慢看吧。

不带任何目的，不带任何梦想，只是单纯地去走走，去看看。这样的行走，真的轻松愉悦。

有时我会停在一座桥上。偶尔有船只，摇进一蓬碧绿里。那蓬绿，是岸上的树，弯到河面上了。

有时我会停在河边，望对岸的白墙黛瓦。白墙的白水泥斑驳得很了，露出里面的红砖。绿苔密布墙围。屋顶上有野草在谈天说地。我知道，这房子应该有很多年很多年了。但我并不想深究里面的故事，一点也不想。只是那样看着，像欣赏一幅画般地看着，就很好了。

我也会痴痴对着弯到水边的一丛红蓼看上半天。它弯向水面的样子，很像浣衣的女子。

青石板的巷道走一走吧，两边的店铺有的开着，有的关着，因疫情的缘故，萧条得很了。但总有几家是热气腾腾的，芡实糕、桂花糕、红豆糕、芝麻糕，香喷喷的糕啊。江南人真是做糕点的能手呢。

我买几只糕点尝尝。不管世事怎么变幻如何艰难，只要还有甜点可吃，日子也就没那么苦了。等一等，熬一熬，好运会来的。

聆听《诗经》

喜欢阳光的天。钻石一样的阳光，在人家屋顶上闪亮，在一些树枝上闪亮，在楼前的道路上闪亮。来来往往的行人头上、身上，便都镶着阳光的钻石，无论贫富，无论贵贱。阳光善待每一个生命。

做桂花糕的老人，又推出了他的小摊子，在路边现做现卖。硬纸板上，简陋的几个字当招牌：宫廷桂花糕。我买一块，味道真的很好，绵软而香甜。暗地想，是哪朝哪代宫廷制作此糕的秘方，流落到民间来的？会不会从《诗经》年代就有了呢？如此一想，我的舌尖上，就有了千古绵延的味道。

楼下人家的花被子，在阳光下晒太阳。陪同花被子一起晒太阳的，还有两双棉拖鞋。一双红，一双蓝。这是一对夫妻的。女人在街头摆摊卖水果，男人是个货车司机。我遇见过两次，路灯下，他们伴着一拖车的水果，回家。男人在前面拉，女人在后面推。晚风吹。

这是俗世，烟火凡尘，男人的，女人的。爱着，生活着。每遇见这些景象，我的心里，都会蹦出欢喜来。我会发痴地想上一想，几千年前，也是这样的晴空丽日吗，也有这样俗世的一群吧。

那时候，野地里植物妖娆，卷耳、谖草、薇、苤苢、唐、蔓……

每一种植物，都有一个可亲的温暖的名字。天空无边无际。大地无边无际。草木森森，野兽飞鸟自由出没。人呢？人也是一株植物，饱满葱茏，随性而长。

男人们多半强壮，他们打猎。他们垂钓。他们大碗喝酒，击缶而歌。艳遇遍地，不期然的，就能遇到一个木槿花一样的女子。他们爱得辗转反侧，心底里，欢唱着一支又一支快乐的歌谣，都在说着爱。

女人们则有着小麦一样的肤色，丰满而美好。她们采桑采唐采薇，亲近着每一株植物，把它们当作心中的神。她们放牧着牛羊，在山坡上唱歌跳舞。她们采葛采绿，织染衣裳。她们在梅树下，大胆地呼唤着她们的爱情：求我庶士，迨其谓之。她们守候在约会的河畔，望穿秋水，跺着脚发着狠：子不我思，岂无他人？

真喜欢他们的歌谣啊，率真，野性，是未染杂尘的璞玉。他们用它，在俗世里，谈情说爱，聊解忧愁。

我常不可遏制地陷入冥想，我就是他们中的一个。是去水边采荇菜的女子，有着绿色的手臂，绿色的腰肢。是在隰地采桑的女子，布衣荆钗，远远望见那人来了，耳热心跳的。是在沟边采葛的女子，一日不见，如隔三秋，相思无限长。是把家里的鸡鸭牛羊养得壮壮的女子，守着门楣，洗手做羹汤，只盼良人能早归……

我还能做什么好呢？这些日常的琐碎啊，即使换了朝改了代，那琐碎也还在的。它们如同血液，渗入生命里，和着生命一起奔流。就像我窗外这凡俗着的一群。千百年了，人类从来不曾走远过，还在俗世里活着、爱着，唱着他们自己的歌谣。

我能做的，唯有倾听。

做个简单的人

我很少思索，我为什么要写作。

生命中，最经不起推敲最无解的，就是为什么。

比如，人为什么要活着呀。人为什么要爱呀。人为什么要走这条路，而不是走那条路呀……

想那么多为什么，是太费力气的事。我不愿意。

对我来说，夯实每一个正在经过的日子，远比端坐着苦思冥想要来得重要，来得愉快。我不执着于过去，也不幻想于未来，我只管走好脚下的路，走着走着，花就开了。

我绣十字绣，一针一线，慢慢绣。一朵花，我总要花上一个多星期才能绣成。不要问我为什么要绣。若你实在要问，我只能告诉你，不为什么，只因我喜欢。

我低头绣几针，然后抬头看看窗外的天。有时会看到几朵云从窗前溜过，像鱼一样的。像蜻蜓一样的。像花瓣一样的。有时，只有一块空空的天悬着，像块干净的棉手帕。我觉得这样的时光，很好，无限好。我觉得身心皆舒服，且相当愉悦。

我吃橙子或柚子，不舍得直接劈开它，而只是切去上端一点儿，然后用小勺，一勺一勺慢慢挖。最后留下一个相当完整的壳，我在那壳上作画，画微笑的眼睛，画月亮，画太阳，画盛开的小花儿，把它放太阳下晾干。我拿它们当花器，装干花好，装瓜子好，我还用它装我的橡皮和卷笔刀。最了不得的是，我拿它种了棵胡萝卜头，一天一天过去了，胡萝卜头绿茵茵的茎和叶，慢慢从那壳里爬出来，葳蕤成一片，真是相当好啊。我的书桌上，摆满了这样的器物。我就这样，把大量的时光，浪费在它们身上。

不要问我为什么。有些时光是用来享受的，不是吗？我做这些，就是在享受时光。像花草沐浴着阳光。

你也完全能做到。你只需思想简单一些，活法简单一些，欲求清澈一些，也就可以了。

世界多大啊，山有山的雄伟，海有海的壮阔，可谁说那些小丘陵小溪流不也是活色生香的一种？

我做不成山，做不成海，哪怕连小丘陵和小溪流也做不成，我就做一棵草好了。

安心地做棵小草，也可以把四季唤来同住。

秋之恋

秋天太好了。它来敲窗，送我一捧桂花香。

桂花香太好了，醇厚甘美，散发出熟透的水蜜桃的气息。

这些天，我的小城沦陷在这种香里面。大人，小孩，女人，男人，还有那么多的鸟和虫子、猫和狗，都一并分享着。不偏不颇，众生平等。

有人提袋，在桂花树旁转悠，这棵树上摘一些，那棵树上摘一些。他是要回去做桂花羹呢，还是做桂花糕？

这个人一边摘，一边不安地四处张望，有些心虚。窃花嘛，到底不是正大光明的事。我笑笑，移开眼睛，假装没看见，脚步没有停留，一径从他身旁走过去。我原宥着这个人的行为，谁让桂花那么香的！你看，香得过分也是原罪一件。

月亮升起来。明晃晃的月亮里，似乎也蒸腾着桂花香。天上人间，交融到一起。

我爱惜地落脚、抬脚。每走一步，都惊起一波的桂花香，心被熏得一颤一颤的。幸福啊，我对自己说。觉得这世上所有的不快，这会儿，皆可以被原谅了。

人说，秋天是平和的，宁静的，安详的。

这只是它的一面。它还有另一面，那一面上，写着炽烈、豪迈和洒脱。

它从春天一路走来，什么样的繁华旖旎没见识过？看开了，不争了，不抢了，云淡风轻了。可胸腔里还有一捧热血在啊，是要痛痛快快抛洒掉，才算完满。于是乎，有了最绚烂的燃烧。

这个时候的花草树木，都在拼尽力气燃烧。

比方说，栾树。

怎么说此刻的栾树才好呢？绿叶子，黄花朵，红果实。绿又有着浅绿、碧绿、青绿、深绿、黄绿。黄又有着浅黄、深黄、金黄、赤黄。红又有着淡红、赭红、朱红、褐红。它把这诸般色彩泼墨似的搅拌在一起，仿佛下了一场颜色的暴风雪。"诗万首，酒千觞"，当此际，该豪迈地大碗喝酒，一醉方休。

栾树的落花也是惊人的，一地碎金子在滚啊。我去通榆河畔散步，一段路的两旁，全是披金挂红的栾树。细碎的小花，铺了一地，美得很梦幻。一老者面对落花，持笛而立，很投入地吹起一支曲子。路过的人看见，先是诧异，旋即脸上浮上笑。大家都尽量不去踩踏地上的落花，脚步轻轻地走过去。

我亦是如此。

我很佩服老者的勇气，欣赏得不要不要的。纵使我想做，也不大好意思的。他是个多浪漫的人啊。

这样的景，实在该配上这样的人，才不算辜负。

一棵高高的楝树上，缀着一撮黄，璀璨耀眼。像簪着一件黄金首饰。

只一撮。

它是率先黄起来的叶子。

我仰头望了良久。后来又去观察了别的树，像梧桐啊银杏啊榆树啊枫树啊等等的，发现它们也都是一部分叶子先黄起来或先红起来。像溪水缓缓，最后，才汇聚成大江大河，赢得圆满的大结局。我终于读懂了秋天的温柔和体贴，它是个渐进的过程，不急急慌慌，不咋咋呼呼，稳笃笃地走好脚下的每一步，给人细水长流之感。

我们的生活也当如此啊。一点儿小欢，一点儿小喜，一点儿小善，一点儿小美，慢慢积攒着，最后也能成为大的福报吧。

回老家陪陪爸妈。

爸妈以我看得见的速度，在快速地衰老着。特别是我爸，他已衰弱得无法独立行走了。

我给他买了一辆助步车，让他推着慢慢走。一步一步，他变回学步的娃娃了。

他推着车，缓缓走到门前的稻田边。田里稻穗饱满，丰收在望。这是我爸最后的疆土。他用眼光抚过一地的稻穗，蛮开心地对我说，今年我家的稻子长得好哩。

稻田边上长了些黄豆，豆荚泛着成熟的金黄色。我爸的眼光落在上面，满意地说，你看，我家的黄豆也长得好哩，快收了。

我频频点头。

柿子树上的柿子红了。红薯藤郁郁青青，结出的红薯都有胳膊粗了。南瓜多得吃不掉，堆在厨房的地上。韭菜开着漂亮的白花儿。我妈煮的嫩玉米棒非常的糯和香。她得意地说，一点儿农药也没打。

活着一天，就要把眼前的事物，深深热爱着。

为什么不呢？我没有悲伤，只有祝福。祝福所有的活着，都能如此深爱。

活着的意义

一

恼人的梅雨下了又下，落了又落。似一张絮叨的嘴，没完没了说些陈芝麻烂谷子的事，听的人早已经不耐烦了啊，心里头忧伤四起，唉，这雨，什么时候是个头哇。

然雨总有下倦的时候。就像再远的路，也总能走到尽头。然后，拐个弯，重新上路。

这个时候，我们比拼的，不是谁更聪明，谁更富有，谁更高贵，而是，谁更有耐心。

扛过风雨，涉过险阻，前面就到艳阳天。那泼洒而下的阳光，照亮每一片叶子，每一瓣花。照亮鸟的羽毛。照亮天空的云朵。照亮地上的溪流。照亮流过泪的眼。你会庆幸，幸好没有放弃，幸好走过来了。

能真真切切拥抱到阳光，能真真切切看到这个亮亮的世界，能闻见栀子的香，能再看到一朵蜀葵是怎么开的，又怎么落了，难道不是活着的最大意义吗？

很喜欢丰子恺说的一段话：既然无处可逃，不如喜悦。既然没有净土，不如静心。既然没有如愿，不如释然。

我想加上几句：既然无可挣脱，不如接纳。既然众生喧哗，不如沉默。既然没有好运当头，不如自我加持。把一切的境遇，都当作人生的修道场。

认识一个姑娘，在大企业待过，因受疫情影响，公司裁员，她不幸被裁了。闷在家里闲来无事，她钻研起化妆。渐渐地，竟也累积下不少心得，鼓捣鼓捣，成立了个工作室，搞起形象设计兼化妆。生意一单一单接着，养活自己不成问题。

还有个男孩子，出国留过学。回来找工作却总是碰壁，高不成低不就的，他干脆自己创业。做什么呢？做美食。做各种的汉堡和比萨，放美团上卖。我买过他做的比萨，挺好吃的。男孩子有一张明净阳光的脸，看着真叫人喜欢。

生活不会亏待努力付出的人。你若能抢起大锤，就去打铁。你若能拈起绣花针，就去绣绣花。尽心，尽力，就好。当生活不那么和蔼可亲的时候，我们不妨对它笑一笑，不跟它死磕，而是适当退一步，换来的，将是海阔天高。

二

牙疼连带半边头疼，嘴巴肿得张不开来，半张脸肿得有平常两个大。这时，人生所有的愿望都变得小小的，小得只剩下那么一点儿：要是脸消肿了，我能大口呼吸大声歌唱，我就是天底下最幸福的人了。

你看，人生要拥有的，其实没有那么多。眼睛明亮的时候，就多看看吧。合欢花开得多好啊，如一朵一朵绯红的云，落在枝头。广玉兰的花，则像一只只养尊处优的大白鸽，趴在树上。紫薇开始描眉画唇了，它的心事最细碎，一箩筐也装不完，总要说到秋天才作罢。赏荷正当时。最好是微雨后去赏，更有意趣。彼时，叶上滚珠，花朵上含玉，经雨水烹饪出的清香，也会徐徐散发出来。我的脑中会不由自主蹦出苏轼写的"微雨过，小荷翻。榴花开欲然。玉盆纤手弄清泉。琼珠碎却圆"，太玲珑了！雨玲珑，花玲珑，人玲珑，心事玲珑。花若少了人来凑趣，到底是件很寂寞的事。

耳朵清明的时候，就多听听吧。这个世界的声音多丰富啊，比如眼下，有虫鸣，有蛙叫。还有那么多的鸟。鸟是最出色的歌唱家，随便一张口，就是一段曼妙。风呢，最擅长鼓捣乐器了，它也是最讲音律节奏的，不同的物体上，会奏出不同的旋律。听不尽。

嗅觉灵敏的时候，就多闻闻吧。花草的气息，月色与露珠的味道，都堪称绝味……多多唤醒你的眼睛、耳朵和鼻子，这才能真的做到善待自己。也才能真的体味到，每一场日升日落里，都是珍重。

第六辑
慢慢走，慢慢爱

生命所谓的真谛，是在慢慢行走中获得的。慢慢走，慢慢爱，让有限的生命，活出绵长的滋味。

珍珠门里的春

　　春天碰巧到了吉林，碰巧到了白山，是一定要去山里看看春的。

　　白山的朋友提议，去临江的珍珠门啊，你会遇到很多花的，你会很喜欢。

　　珍珠门？这名字让我想象飞驰，是有好多珍珠缀成的一扇门吗？

　　不是不是，白山的朋友笑了，说，那里临着鸭绿江的，江里也产珍珠，大概有通往珍珠之门之意。

　　我来了兴致，特地查了一下资料，得知鸭绿江的确产珍珠。与南方的珍珠不同的是，它产的珍珠个儿特别圆润硕大，晶莹剔透，品质优良，史称"东珠"。在清朝时，东珠是皇室成员热衷之珍宝，满语称"塔娜"。上等东珠取之不易，一船成百上千只珠蚌中，也未必能得到一颗。乾隆皇帝还曾因之发出感慨：百难获一称奇珍。

　　花却稀松寻常得很，遍地皆是。珍珠门所在之镇取名花山镇，我以为是多花之故。

一踏入珍珠门，花的气息就浓烈起来。首先来迎的，是一团团紫粉，如闹纷纷的粉蝶。那是一丛丛开得恰到好处的枯枝杜鹃。我四五年前就识得此花，缘于我曾买过它。那年冬天，我上街挑几盆花过年，花贩向我力荐此花。彼时，它就是一把一把的枯枝条，乱糟糟堆放在一起，完全可直接拿它当柴火烧。花贩说，这是枯枝杜鹃呀，泡水里养着，让它晒晒太阳，一个星期准能开花，花好看着呢。我将信将疑，买一把回家，依言将它泡水里。不几日，它真的吐出一瓣瓣紫粉来，僵死的枝条变得生机盎然。我惊喜得不得了，拍了照上网与人分享。立马有人在后面义愤填膺地指责我，你这么个温暖的人，竟也充当起残害枯枝杜鹃的爪牙？我吓一跳，一头雾水，赶紧询问怎么回事。那人丢一个白眼给我，发来一个链接，是段新闻报道。我看完后，心里很不是滋味。新闻报道里说，此花是野生的兴安杜鹃，又称达子香，生长在东北的崇山峻岭中。自从人们发现它的商业价值后，一哄而上，滥采滥伐，使它的数量越来越少。而它的再生力却不强，长此以往，它将濒临灭绝。那之后，我再没买过它。自然界的任何一个物种，数量都是有限的。我不知当再也见不到它轻盈的身影时，这里的山，该是何等的寂寞和荒凉。

谷口窄窄的，我以为是座小山。进去后才发现，里面藏着大乾坤。山坡陡峭，有的地方需手脚并用，方能爬上去。山上的石头如竹笋一样长着。一条溪流曲里拐弯的，不见头尾。时而奔腾呼啸，如千军万马踏蹄而来。时而叮叮咚咚，如素手调弦。跟着它走，有关这座山的春的秘密，便一一被打开。

眼观之处，草木都好好地绿了。花都好好地开了。叶子的初绽，如花朵新冒出来的小花苞一般，稚稚的可爱。有一种叫千金榆的树，凑过去细看，会发现那黄绿的嫩叶片上，描着一道道细细的褶子，均匀密布。我心想着，若拿它裁剪裁剪，做个绿绿的小灯笼，或做把绿绿的小扇子，真真不错。天工最精妙的地方，就是在这最细微之处。你以为的普普通通，其实，都藏着匠心和可爱。

野花多不胜数。有一种野花叫荷青花，成片开着。花瓣儿圆头圆脑的，艳黄。它跟荷花怎么沾亲带故了？我仔细打量，发现它的蕊，像极荷花的蕊。黄黄的一撮儿，花丝很长。

菱叶绣线菊实在好看，伞状花序，五瓣一朵。细白的小花，形似梨花，却比梨花更显秀气小巧。八朵或五朵簇成一撮。它有个别名好有意思，叫范氏绣线菊。是姓范的妇人，用针线绣出来的吗？想那妇人的手该有多巧啊。

鄂报春的花有桃粉的、玫红的和淡紫的，五瓣，均匀摊开，每一瓣都像一只小蝴蝶。我实在禁不起它的诱惑，采下一把来，编个花环，戴在头上。我的头上，便息着数只小蝴蝶了。

异花孩儿参太有特点了，叶子似繁缕的叶子，茎细细的，如蚕丝一般，托着一朵小花。花朵白白的，花蕊像一粒薄荷糖。它是要请春天吃糖吗？我有个冲动，想沾沾春天的光，尝一尝那"糖"的味道的。

槭叶草攀着岩石而长，叶子肥大，背面红色，正面青褐色。花朵有意思，离着叶子老远，擎着一簇小白花，像支缀满珠翠的簪子。

鲜黄连太好看了，叶子如小小的荷叶和莲叶，花朵酷似荷花，紫色的。总是两朵结伴着开，仪态万方。

樱草的花有些羸弱，像个小风车。一阵风来，它跟着转动起来。它是不是有些桃红的愿望，要托春风带到别处去？一朵花也是有愿望的。

野鸢尾都趴在草窝里聊天呢，一堆一堆的。婆婆丁最是活泼，赤脚奔跑，满山乱窜。

这些春天的小儿女啊，我在心里面这么快乐地叹息着，也就到了山顶。越过山顶，眼前突然开阔起来，草地舒缓，鲜花遍地，一条溪流如白蛇似的，扭着身子，从草地中间穿过。恍惚中，我以为走到一片草原了。草地尽头的山坳树梢间，有村庄隐约可见。听白山的朋友说，里面住着十来户人家，他们养猪养羊养鸡养鹅，白天这些动物们都到山上来，吃草吃花吃果子吃虫子，晚上自行回家，不用人看管的。

真替这些动物们高兴，它们能拥有这样一片天地。我遥遥望着掩映在绿树中的村庄，很想越过一些石头走过去，随便叩开一家门，像迷路的一个人，让他们收留我。这想法让我又快乐又忧伤，竟不能自已地想流泪了。

不知不觉，天色有些暗了，月亮早早爬上山顶。半夜里，它会不会溜下来和山里的春天相会？它会抱抱那些小花，喝喝清清的溪水的吧？我看到一只瓢虫，趴在一朵荷青花上玩。我看了它好久，它都没有挪窝。它是把那朵荷青花当作亲人了。

天上的云朵，地上的草湖

去草湖。

从一片原始杉木林中穿过。满眼都是树，随便一棵，都上百岁了吧？老了的树，极有尊严地老去，无人砍伐烧烤。而新的树，又在重新茁壮生长。

风起，松涛阵阵，如涨潮之水之声。蝉声被没进去了，鸟声被没进去了，山鸡野鸭的声音被没进去了。山路上，只有我和他。

帕隆藏布江在林子边拐了个大弯，冲积出一大片细软的沙滩。碧玉般的江水，倒映着后面的雪山。云怎么那么白！天怎么那么蓝！寂静无声。

我们穿过林子，跑去沙滩上。大太阳照得沙子滚烫，我不顾那烫，踩进去，跑向江边。这江多像湖啊。天在水底。云在水底。蓝在水底。白在水底。我们，也在水底。

寂静，还是寂静。碧玉一般的寂静。

林子后头有蝉音袅袅。山鸡的叫声，像拉警报似的，总是那么突然地，来上一嗓子。我伏在沙子上写"感谢"二字。此时此刻，唯这两字能表达心意。感谢天，感谢地，感谢父母，感谢那人，感谢相遇到的一切，感谢这自然中的美好，感谢这样的雪山，这样的江水，这样的森林，这样的自己……景正好，我未老。

和那人坐在沙滩上，一人吃了两块面包，算作午餐，继续沿着草湖而去。这期间，他弄丢了他的墨镜，那是他过生日时，我买给他的礼物，价钱不菲。我们在江边寻了好一会儿。又在林子里寻了好一会儿，都没找着。最后确信是找不回的了，也好，算作留给这片土地的一个纪念罢。——这么一想，竟很是快乐了一阵子。

在林子中间左拐右拐，误闯一幢民居。木结构的小屋，独自蹲在林子边的一块空地上。门口长油菜长小麦，也有几棵棠梨树，在开着花。屋主人尚未出现，狗倒警觉地先吠起来，不是一条，而是两条。我是怕狗的，远远站着，不敢动弹。屋主人被惊动了，出门来。一个矮个子男人，后面跟着他的女人和三个娃。他和女人喝住狂吠的狗，叽里咕噜冲我们说了些什么，我是一句没听懂。等他们停下来，我们才得以询问，不好意思，我们走错路了，请问，草湖在哪儿？男人听了，侧头和女人说了句什么，女人哧哧笑了。三个娃也笑了，争着伸手往右边一指，喏，那儿，那儿，我们的草湖。一家人的手，都这么指着。

我们道一声谢，顺着他们所指的方向而去。走了一段路，我回头，见三个娃还站在门口，冲着我们看，屋顶上有炊烟起。我的心，软了软。为这片烟火，为这片与世无争的宁静。

草湖顾名思义，是草们齐聚的湖。草也只两种，一种开粉紫的花，一种开金黄的花。我们赶巧了，草湖里的草，正值青春妙龄，个个清韵娇嫩的。它们绚丽得如织毯，把这块小小的峡谷平地，描成画卷。

草湖中间，天然的有着一条水带，不很宽阔，但水深，想跃过去，不大可能。清澈的水，倒映着蓝天白云，和不远处的树林、雪山。水的另一边，紫色小花黄色小花一直铺排到一片林子的脚下。林子背倚着大山，山峰上，白雪盈盈，云朵盈盈。马和牛，在林子边上吃草，吃花，不见人。

我蹲在草湖里数花朵，数着数着，数迷惑了。太多了。我又蹲在水边数水里的云朵，数着数着，也迷惑了。雪与云朵，分不清的。风吹得松林唰啦啦的，如涛如波。可是，分明是静的啊，静得连心跳声也听得见。

来了一家四口，当地人。爷爷奶奶，带着儿媳妇和小孙子。他们自带了花地毯来。他们把花地毯铺在水边，然后盘腿坐到上面，一边摆上吃喝的东西，是要在这里久待的样子。小孙子刚学会走路，他们放他在草地上摇摇摆摆，指给他看天，看山，看水，看地上的花。

他们告诉我们，他们一家常来这里。

他们说，若是你们晚些时候来，这里一大片的，全是水，很好看的。

我们并无遗憾，我们看到了这么多的花。问他们，这些花叫什么名字？他们想想，答，草花呗。我们这里的草地上，都开这种花的。

我很满意这个答案，草开的花，自然叫草花了。连带着这草湖，我也十分的满意。

午时安昌

是在去沈园的路上，偶然听到摇橹的船夫跟游客在闲聊，安昌啊，那可是我们绍兴最地道的古镇了。仅这一句，便勾起我无限向往，我问，安昌在哪儿？船夫答，就在这附近啊，坐公交车十分钟就到了。心一喜，匆匆游完沈园，马不停蹄奔着安昌而去。

午时的安昌，有着喧闹中的宁静，像一扁舟，泊在那儿。风走，云走，它不走。它就在那里，承载着日月星辉，绵延千年。

一条河，当街横卧，街景便在这条河里铺陈：连成一片的翻轩骑楼。灰扑扑的廊棚。一盏一盏的红灯笼。最惹眼的，莫过于那廊下横梁上，晾着的一串串腊肠，黑里透亮，酱色浓郁。远观去，像垂着一幅幅黑色门帘似的。

走进去，内里乾坤大。青石板铺就的街道，一路延伸。这家酒楼，挨着那家作坊。胖胖的酒瓮蹲着，卖的是绍兴特产——黄酒。卖霉干菜的多，几乎家家门口，都搁着几大袋子霉干菜。老茶馆安在，桌椅都上了年纪了，几个当地老人在里面喝茶，眼睛闲闲地望向门外。门外的河里，偶有一两只乌篷船经过。摇橹的汉子不用手摇，用脚踩，他踩着那只乌篷船，轻盈盈的，向着一条拱桥去了。

听不到任何买卖的吆喝声，你只管一样一样地看吧，他们忙活着他们的，做酱鸭，灌香肠，扯白糖……凡尘俗世，食是天。抬头，视线里忽然撞进一个老人来，老人戴毡帽，着长衫，长髯飘飘，气定神闲地独坐在屋门口呷酒，面前两碟小菜。他的头顶上方，悬一酒幡，上书：宝麟酒家。我探头进去，屋内狭窄且破旧，全无酒楼四壁亮堂的景象。正疑惑着，老人突然开口了，眼光灼灼地看着我们问，要吃饭喔？只有我这里才能做出正宗的绍兴小吃来的。我们还未及答话，他又说下去，你们如果想要了解绍兴的风土人情，我这里都有，也只有我这里收藏得最全了。我笑了，他骄傲得跟块活化石似的，怕也是安昌特产呢。后来得知，他果真是安昌特产，是安昌的名片，名叫沈宝麟，对安昌的历史，如数家珍，上过好几回电视的。

逢到一箍桶铺。铺里除了老师傅外，还有个二十来岁的年轻人。他们屈着腰，埋着头，拿锤子不停地凿着桶盘的毛坯。门口摆着一只只做好的木桶，大大小小，桶身锃亮。婚嫁老习俗流传多久了？说不清。祖上的祖上，就是这么做的，姑娘出嫁，嫁妆里，少不了几只木桶，其中至关重要的，是子孙桶。这桶，既要做得结实，又要做得漂亮，人家是要当传家宝，传给子孙后代的。我们站着看了很久，他们一直没抬头，专注地在桶盘上打磨，直磨得木头如同玉石般光洁，——他们把箍桶的活儿，当作艺术在做。忽然感动了，有坚守在，一些传统才不会走丢。

扯白糖算得上是安昌一绝，三里长街上，扯白糖的大师比比皆是。七十五岁的老人陈师傅，在家门口扯白糖，瘦削的一个人，竟把白糖扯出丈把长，跟舞台上的优伶甩水袖似的。我们看呆了，夸他，您真了不得。他笑，这没什么，我打小就会扯的。我扯的白糖好吃，绵，筋道，老人夸他的白糖。这么夸糖真够新鲜的，我们乐得掏钱买他的扯白糖。买一袋，再买一袋，绵白绵白的，捧在怀里，把一份悠远古老的甜蜜，也一同揣进怀里面。

遇到一年轻女子，独自背着包在逛，这儿摸摸，那儿碰碰，很迷恋的样子。在一座石桥上，她拿了相机，请我们帮她拍张照片。她倚着桥栏，笑得很好看。她的背后，是高低错落的骑楼。屋顶上，黛青的小瓦，井然有序地排列着。阳光泊在瓦楞上，鱼鳞似的跳跃着。檐下成串的腊肠，油黑饱满，把纯朴的古风，扯得悠长悠长的。

遇见

　　常常，我们不期然的，会遇到一棵树，一丛花，一个人，一首曲子……在相遇的刹那，心中沉睡的弦，被轰然弹响，哦，原来，你也在这里。仿佛前世约定。

　　一截小院子。院墙上，爬满三角梅，密集的花朵朵，像火焰似的燃着。从院子里突然走出一个小姑娘。小姑娘七八岁的模样，穿一件短衫，赤着脚。她跳着去摘院墙上的花，一朵一朵往头上插，嘴里面哼着歌。很快，她的头上，插满了三角梅。玫粉的一堆儿，映着她那张苹果脸，像是有一个春天在盛开。

　　我远远站着看，看了许久，看得心里柔波荡漾。那是云南的乡下，山野寂静，房檐低矮，却因那活泼的花和活泼的孩子，散发出甜美和温馨来。后来的日子里，我总会不经意想起这场遇见。我知道，在我看不见的地方，一些美好和纯真，它们在着。这让我很得安慰。

　　上班的路上，有一片废弃地，矮墙围着，里面杂草丛生。杂草自然没什么看头，我每次路过，都是匆匆而走，很少会送它一瞥的注视。

一天黄昏时，我又打那儿过。无意中看过一眼去，竟有星星点点的红，扑进眼里来。在将暮未暮的天空下，那些红，真是夺目。我跑近了一看，差点乐坏了，竟是一丛胭脂花。它因误入野草家族，被欺负得有些瘦骨伶仃，生活的热情却不肯丢，到它该开花的时候，它坚决地开了花。一朵一朵，鼓着腮，噘着嘴，得意扬扬地吹起小喇叭。我似乎听到花朵的笑声，咯咯咯的，滚落在草丛中。我在那里站了很久，微笑着看，心里划过一条又一条感动的波纹。寻常的黄昏，因了这些胭脂花，变得可爱起来美好起来。

逛地摊，遇到一枚铜戒，上面雕一朵古铜色的花。花朵儿盛开着，天真拙朴。在一堆的玻璃珠子和银手镯中，它显得那么与众不同。如谁在上面施了魔，定定锁住了我的心。一旁的朋友说，这是假的，不值钱的。我不介意，赶紧掏钱买下它。套我手指上，刚刚好，仿佛定做。这种相遇相知的缘分，是无价的。

去商场购物，被一首曲子缠上了。那是商场的音响里播放的，从一片喧闹中腾跃出来。我傻傻地站在门口听，整个人动弹不了。天冷，风呼啸着扑过来，也不管的。路过的人好奇看我，也不管的。曲子冷艳，似秋风吹过山林，溪水清瘦，弯月如眉。我在曲子里沉沦，百转千回。如遇爱情。

人生的每一次遇见，都是生命中巨大的欢喜。喏，就是这样的，我就在这里，靠近，且温暖。

慢慢走，慢慢爱

春天到了，我去寻春。

喜欢这样的"寻"。是缓慢的、仔细的、隆重的、费着点心思带着些期许的。所有的乐趣，都在这个"寻"字上。

你可能要说，满眼的春色，还用得着寻吗？我说，不，不，生活更多的意趣和美，是在那幽微细小里面，是在偶遇和意外中。

比如，在野地里寻得一把荠菜。野生的鲜美，就在那一把荠菜上头。春天里，再没有比寻得一把野生的鲜美，更有滋味的事了。

比如，在草丛里，寻到一只鲜丽的瓢虫。真正是鲜丽极了。它是春天诞生的小宝贝，它把春天的色彩披挂在身上，欢天喜地地，朝着它的未来爬去。一只瓢虫的未来是什么呢？我蹲在它旁边，想着想着，就莫名感动起来。不管未来是什么，它都将勇往直前，满怀深情地奔过去。一只瓢虫，也有着属于它的追求和眷念。

比如，在樱花树下，寻得一丛婆婆纳。那棵樱花树，真是高大，顶着一树的花，如雪砌银堆。人从樱花树下过，都忍不住要举头望上一望，在心里面叹一声，好美啊。却听不到树底下，那樱花瓣覆盖着的泥土的上面，还有些轻轻的小声音在呼唤：看哪，看哪，我们在这里唱着歌跳着舞呀。

哦，谁会留意呢，它们那么小！我看到它们小小的蓝影子一闪，像星光闪过。我蹲下来，拂去上面一层樱花瓣，它们的小身子露了出来。对，是一丛婆婆纳。它们的花朵，真是精致婉约得很，像一只只小小的蓝花碗。蚂蚁可拿它们盛食物。蚂蚁们的生活，会因此变得优雅的吧。当然，它们更多的是盛春色。一个上午，我就在那些小小的"蓝花碗"间流连，春色迷人和饱满处，这里，算得上是一处。

我还被路边的小蜘蛛牵住了脚步，它忙着在两朵花之间搭它的"帐篷"。我惊叹于它技艺的高超，那透明的银光闪闪的"帐篷"，简直是上等的艺术品。一片花瓣落，弄破了它的"帐篷"，它也只稍稍愣了一愣，又忙着埋头牵丝拉线地搭起来。自然界里的能人多，它算得上是一个。又遇挫折不灰心，不气馁，永远地元气满满。我看着看着，就很感激它。它让寻常的一个午后，有了亮色。

在一片杨树林里，我还遇见一棵枯萎的树桩。目测这棵树是上了年纪的，粗壮得很。它是遭雷劈了，还是让飓风给削了？不得而知。然在那枯朽之中，我看到一粒嫩芽芽，从树桩里长出来，像一只羞怯的小蜻蜓，立在上头。生命的坚韧和阔大，往往超出我们的想象。我记住了这棵树桩，和这粒蜻蜓般的小芽芽。在我感到寒冷和沮丧的时候，我会掏出它来，暖一暖。

生命所谓的真谛，是在慢慢行走中获得的。慢慢走，慢慢爱，让有限的生命，活出绵长的滋味。

黔行散记

六月十五日

黔地多山，连绵起伏，杳然不知多少重。

若要游览，只看一座梵净山，也就够了。

梵天净土，历史浩瀚。老早老早之前，这里就是一座圣山、神山，是佛家道场。

我对这些不大深究。我以为，那是神的事，不是人的事。人想多了，头大。

我爱看的是自然风貌。

六七月，贵州进入雨季，常有大雨封山。很幸运的，我和那人到达的时候，相遇到的，是绝美的好天气。天蓝汪汪的，一丝儿云也没有。蓝得我有些担心，怕天的手稍一端不稳，就泼洒下一桶的蓝来，浇我一身。山们却不担心，它们都在蓝里面打过滚的，蓝绿欲滴。

山是真好看哪，独特的地貌，经时间的风化，山峰都如经书一般，层层叠放。盘腿坐上面，随便翻开一页诵读，会是怎样的一种感觉？我这么想时，想得心头一惊，又自在，又寂寞。

山上的石头多褶皱，仿佛耄耋之人的肌肤。每一道褶皱里，都蓄养着年深日久的一些故事。小草小花们，在里面生生世世。我弯腰拍一簇黄花，再拍一簇紫花。路过一老人，站定，看我拍，说，这黄的花叫金瓜儿。这紫的花叫龙头草。

您都认识？我惊讶。

我当然认识，我天天在这山里头，老人很神气地"嗤"了声。他是当地人，祖祖辈辈都住在这儿。

问他，这座山哪里最好看？

他听闻，又"嗤"了一声，很不满地说，哪儿哪儿都好看。这草不好看吗？这花儿不好看吗？这树不好看吗？说完，也不等我回答，甩着两臂，走了。

我怔怔看着他的背影，良久。

游人们争着去攀红云金顶。人多，好多人都被堵在半道上，上不能上，下不得下。仰头望去，那些人像些小壁虎，挤挤挨挨被悬挂在峭壁上，好尴尬呀。我不去爬，何必去添堵呢？我和那人穿行于山谷中，看千奇百怪的石头，听古老的树木唱歌。深谷幽微，清风送绿，也是一种绝妙的体验。

晚，在镇远留宿。

我们拖着行李，踏上古街道，汇入人流中。只听得行李箱的滑轮，在红灯笼笼罩着的古街道上辘辘地响着，一种古老悠远之感，油然而生。最后，我们终于在一幢吊脚楼里安顿下来。

出门去找吃的，一抬头，看见一个月亮，蹑手蹑脚地也出门了。它越过一些山，越过一些房屋，走到河的上头，盘踞下来，像极了一只白狐。

河是舞阳河。四周的山，青幽幽的，与天空连绵在一起，浑然不可分。两岸却灯光灼灼，火树银花，人影攒动。河里面荡漾着无数条彩虹。房子变成彩虹了。树木变成彩虹了。人变成彩虹了。月亮一出来，那些灯光人影，一下子变得像是月亮操纵着的皮影。

我坐到岸边一方石头上，饶有兴趣地看着这场"皮影大戏"。烟火凡尘，鼎沸着，水一样的，一波流走，又一波涌来。

月亮不动声色，却有股巨大的静的气场，震慑四方。一切的声响，在它跟前，都失了重量。有一瞬间，我恍惚了，有身处旷野之感。

六月十六日

早起，忙忙地去看白天的镇远。这座从春秋一路走过来的小城，房屋建筑都很有民族风情。傍着河的，一律是很有特色的吊脚楼，前后皆有门和窗，一面朝着街道，一面朝着河。也有徽式建筑夹杂其中，雪白的马头墙，非常抢眼。

六点的街道，水雾弥漫。大多数店铺的门，都还关着。三三两两的行人，脚步都是轻的。女人背着小孩，背上的小孩刚刚睡醒了，情绪很好，瞪着眼睛张望着，不吵不闹，他们一路走过去。

隔壁早餐店的门开了，卖的早点只两样：面条，稀饭。

我和那人走进早餐店，各要了一碗鸡蛋面。傍河摆着桌椅，我们一面看水，一面吃面。水里面倒映着青山和房屋，格外清丽。

忽听得锣鼓响，停箸，侧耳听。服务员告诉我们，今天我们这里有龙舟赛的，都准备好些天了呢。

这真叫我喜出望外，我们居然逢上镇远一年一度的端午赛龙舟了！

我赶紧跑到街上。刚刚还冷清着的街道，不晓得从哪里一下子冒出许多的人来，好像变魔术似的。苗族的，侗族的，土家族的，男男女女，老老少少，都穿着盛装，花团锦簇。

锣鼓声近了。一队浓妆艳抹的男女走来，都肩挑担子，一头是粽子，一头是咸鸭蛋。又有挑着活鸭担着酒的。他们的走动，如扭秧歌。好多人围观，嬉笑着，跟着往前走去。前头设了舞台，在赛龙舟前，先要举行一场盛大的祭祀活动。

我们跟导游商量，看完龙舟赛再走吧。导游起初不肯，因为旅行社都规定好了行程，中途不能随意更改。一车二十五人齐齐恳求，难得遇到这样的热闹嘛，就看一会儿吧。小伙子终于让步，给了我们三个小时。

大家欢呼着各自散去，没到欢乐的人群中去了。

我和那人沿着舞阳河走，想看看这条河到底有多长。河里不时有龙舟划过，穿红衣的，穿蓝衣的，穿黑衣的，个个埋头拼命划。船头，鼓手拼命地敲着鼓，旗手拼命地挥着旗。一排十几支二十几支桨，整齐划一地划出一道道洁白的水浪。一河两岸全是人，挥着手跳着脚叫着，加油，加油！也不知他们是在替哪支队伍加油。青山绿水间，这流动着的热烈和欢乐，实实在在叫人激情澎湃。

午饭后，我们到西江千户苗寨来。

一路上都在山里穿梭，"崇山峻岭"这个词，用在此处恰恰好。车上有人感叹，哎呀，这次到贵州来，我是开了"山界"了。她的话让一车人不约而同笑起来。

路远，一直走到傍晚，车子才在一个很有规模的寨子前停下来，寨门前悬着牛头装饰。导游说，西江苗寨到了。

进寨子前，导游安排我们先去体验苗家的长桌宴。长桌宴是当地苗族宴席的最高形式与隆重礼仪，流传已有几千年。苗族人在接亲嫁女、孩子满月，或是村寨搞联谊宴饮活动时，一般都要在街上举办长桌宴，彼时，桌子一张连着一张，沿古街一字摆开，全寨男女老少都来赴宴，桌上轮番端上香喷喷的刨汤、腊拼、苗王鱼、白切鸡、野兔肉……还有当地的米酒。大家享用着美味佳肴，对酒欢歌。若有人路过，会被热情邀请去做客，尽情享用一番这样的长桌宴。

近些年，游客增多，这里日日摆起长桌宴，已远非苗族传统意义上的长桌宴了。然对于我们这些外地游客来说，能看到如此壮观的长桌宴，还是挺兴奋挺激动的。

一间可容纳千人用餐的大堂里，摆着一排排长桌，来自五湖四海的人，在桌旁就座。酸汤鱼是他们的特色菜，其他的，也都寻常，比如土豆烧鸡，比如茄子。米酒一人一小碗。顶奇怪的是，他们给每人发一只染红的鸡蛋。有苗家阿妹来指导怎么吃这只蛋，只见她拿起红蛋，在额头上顺时针绕三圈，磕开，说，这叫鸿运当头。大家笑了，也都举起蛋，照着样儿在额头上绕三圈，开心道，这下子，把好运全带回家了。

苗族姑娘们排着队，又唱又跳地来敬酒。大家一齐拍着手，跟着摇摆起来，唱着，笑着，乐着。吃什么不重要了，相识的，不相识的，全都乐融融的，没有钩心斗角，没有嫉妒伤害，有的只是好意。

饭罢，天已黑。我们取了行李，在黑天里深一脚浅一脚地走进寨子。寨子很大，白水河从寨前一路跟随，哗啦啦作响。河谷坡地上，吊脚楼一幢连着一幢，绵延上去。据说有十多个依山而建的自然村寨连在一起，是目前世上最大的苗族聚居寨子。

我们住宿的地方，在山坡上。山坡较陡，曲里拐弯，好一顿折腾，总算走到客房了。

小小的木头房间，收拾得挺整洁的。推开窗，可观山景、房景和灯火。

去逛夜景。你试想一下吧，当所有吊脚楼的灯全都点亮了是啥样子？又山上山下，高低错落，一个寨子，简直如同星河落下来。河水奔流，河两岸全是旖旎。歌声、鼓声、笑语声，绵绵不绝，看样子是要通宵达旦的。

我从河这岸，走到河那岸去，又在风雨桥上坐了一坐，灯光华丽得太不真实了，人好似跌入梦幻之中。

店铺里更是灯火通明。我买了一只蜡染的手工小包，白底子上，隐约现出一些奇奇怪怪的浅蓝色图案。店主是个很有品位的女子，她说这是她外婆的手艺，每次蜡染出来的作品，只此一件，再无重复。我心动得很，虽然很贵，我还是买下它。它上面有着一个苗族老人的温度，和她对岁月的深情。

回客房后，我查了有关蜡染的一些资料，得知蜡染是一种古老的染色术，始于秦汉时期，是苗族世代传承的传统技艺，古称"蜡缬"。苗语称"务图"，意为"蜡染服"。它是用熔蜡绘花于布上，以蓝靛浸染。在浸染中，蜡自然龟裂，在布面上形成特殊的冰纹。这些特殊的冰纹，具有不确定性，成了每件蜡染作品的身份标志，有着独一无二的魅力。

真幸运，我遇见了这只蜡染小包，拥有了一份独一无二。这一趟的旅行，值了。

六月十七日

夜里，下雨了。

这里天无三日晴。雨多，湿气大，所以苗人的饮食偏酸偏辣，房子也都建在山坡上，防潮。

清晨五点多，我醒了，天色未明。然鸡不管它，早早就开始了啼叫。一个叫，百个应，这里那里，响成一片。还有蝉叫，激流一般的，哗啦啦奔涌。

我推开窗。山头上罩着厚厚的雾气。灰青的瓦的屋脊，错落着，在雨雾里忽隐忽现，好像一群鲸鱼，俯卧在那里。我看了很久，直到窗外的雨雾，一点一点变薄。天亮了。

我们因要赶下一个景点，用过简单的早餐，就告别了寨子。彼时，寨子还在沉睡中，只有白水河来作别。河水殷殷地跟着我们，一直跟到寨子门口。

我们往荔波小七孔去。

曾看到有人这样赞美贵州：上帝偏爱，把最美的颜色都给了贵州。其中摆在第一位的，就是荔波小七孔，说它是"地球上的绿宝石"。

有关小七孔的传说也挺动人：从前，有一对青年男女，彼此深爱，却因门不当户不对，受到来自家族及其以外势力的层层阻挠。不得已，他们决定一起逃走。当他们逃到荔波时，遇到汹涌的大河阻挡，后面的追兵越来越近，他们绝望了，相约着一起跳河殉情。这时，有七个仙女刚好路过，被他们的真情所感动，幻化出一座七孔桥来帮助他们。却告诉他们，这座桥凝聚着时间的力量，他们每走一步，就是走过一年，等走到桥尾，他们已苍苍老矣，但也代表着他们携手共度了一生。走与不走，全在他们一念间。这对情侣没有一丁点儿迟疑，牵手走过了这座桥，成就了一生的爱情。这座七孔桥，从此被人称作"忠贞之桥"。

我们先去上游。我一下被眼前的山水惊呆了，山峦、瀑布、碧潭，相融相生，奇秀无比。水映着绿，绿衬着水，实在分不清谁是谁了。我和那人租了一只皮艇，去"走"卧龙潭。皮艇剖开一丛一丛的绿水，往水的深深处走去。两岸碧幽幽的，都是葳蕤的树。有的树长到水里来了，绿淌到水里来了，染得一潭的水，绿不见底，绿得人的眼睛直打战。我只觉得那绿，钻进了我的每一个毛孔中，染绿了我的每一个细胞，又钻进我的肺腑我的心脏。倘若这时候把我的心掏出来，一定绿得像颗绿宝石。

耳畔没有别的声响，有好长一段时间，偌大幽深的卧龙潭里，只有我们两个。我们坐拥着这片江山，如王。有时，我们不划桨，一任皮艇随水漂着。我们仿佛成了绿里面的一粒。有蝴蝶路过，把我和那人当花，绕着我们嗅了又嗅。它一定好奇了，这水里面，怎么开出这么大的两朵花来？岸边蝉的叫声、鸟的叫声，如阵雨滑落下来，惊着水了。水波激烈地晃动起来，似听了一个很好笑的笑话，它把持不住笑了，笑得浑身乱颤。我们就这样，慢慢穿行于这片宁静里，整个人，绿得透明起来，又空灵，又洁净。

因在卧龙潭里待太久，后面的鸳鸯湖、翠谷瀑布、水上森林、飞云瀑布，我们都只能匆匆一瞥。我们跟着六十八级瀑布和跌水一路而下，真正领略了山水的风骚。六十八级瀑布和跌水处在涵碧潭的上游，长约一千六百米。它从狭窄的山谷之中，如游龙般的，沿高高低低的河床，腾飞而下，层层叠叠，水流湍急，逸兴遄飞，把人的一颗心，也撩拨得遄飞起来。任谁见到了，也要忘情地想惊叫，想欢跳，想拥抱谁，想好好爱。然后真心实意地感谢，幸好活着，人间值得。

走过六十八级瀑布和跌水，到了小七孔桥。这座建于道光年间的麻石条小桥，实在玲珑可爱。长度仅二十五米的桥身上，爬满绿色的藤蔓和蕨类。七孔之下，晃荡着碧绿的潭水。桥两侧，草木灵茂，床帏般的，把这方小天地围在当中。

游人争相从桥上走。我和那人也去走，从桥头，走到桥尾。想起有关这座桥的那个美丽传说，一生一世，也不过刹那之间。

晚上，入住龙里县的谷脚镇。借着朦胧的暮色，我打量着这个小镇，一律的青瓦白墙，静静地沐在暮色中，周围全是山。街道安静，灯光极少，是个较偏僻的地方。

吃饭的地儿很少，我们找了半天，才在街尾找到一家家庭饭店，吃火锅鸡的。父女俩经营着，有自家散养的鸡，有自家种的蔬菜，还有自家酿的酒。室内陈设简朴，却摆了一张比较考究的茶桌，还有一套比较考究的茶具。父亲忙着打点我们点的菜，鸡是按斤两称的，蔬菜可以随便添加。女儿来给客人泡茶。女儿二十出头的样子，笑起来很甜。茶水是免费的。

我们吃饭的当儿，父亲坐到一旁喝茶，不时问问我们，味道还好吧？菜还够吧？女儿负责给我们添加茶水。一顿饭吃得很愉快。

饭毕，我问父女俩讨要了一枝扶桑花。他们的屋门前，开着一大丛这样的花，自妍自芳着。

六月十八日

到黄果树瀑布去。

小时，在课本里见过黄果树瀑布。那时，我对瀑布的壮美倒是不在意得很，却对它的名字浮想联翩：瀑布的旁边，一定长满了果树，上面结满黄澄澄的果子。那里的小孩，天天都有香甜的果子吃吧？是不是他们想吃多少就吃多少？树上总有摘不完的果子吧，鸟儿也去吃，虫子也去吃，还是吃不掉的吧？

我当时所在的苏北乡下，水果奇少。偶尔有人家长一两棵桃树、梨树或枣树，总是等不到果子熟，就被一帮孩子盯上给吃下去了。别的水果，很少见到。有次看电影《乡情》，里面有个镜头拍到城里姑娘吃香蕉，那姑娘穿件粉色连衣裙，手上拿根香蕉，像剥玉米棒的苞叶一般剥开香蕉，举到唇边，小口咬着。我看着觉得新奇极了、向往极了，不知那是什么，只一味想着，它一定好吃极了。课堂上老师讲到杜牧的诗"一骑红尘妃子笑，无人知是荔枝来"，说杨贵妃最爱吃荔枝，玄宗皇帝就派人千里加鞭地送给她吃，路上不晓得累死多少匹马。只听课堂下一片吸溜鼻涕之声，有孩子大声问老师，老师，那荔枝长啥样子，是啥味道？老师站讲台上愣了半天，回道，一定很好吃吧，要不然，杨贵妃怎么爱吃呢？

在去黄果树瀑布的路上，我想起这些陈年往事，遗憾着当年那个老师，后来得病早早走了。他走之前，怕是都没有见过真正的荔枝。

黄果树瀑布周边，到底有没有结着黄果子的树呢？我特地寻了寻，没寻到。许是因季节不对，这是夏天，果子的成熟大多在秋天。倒是见着了高大茂密的黄葛树，又叫黄桷树的，佛经里称之为菩提树。据说这里曾广泛分布，才有了黄桷树瀑布的称谓。但人们叫着叫着，就叫岔了，成了黄果树瀑布。我以为，人们是故意叫岔的。果实多如瀑布，或瀑布丰沛如成堆的果实，都是叫人愉快和充满甜香的事情。

先跑来跟我们相见的，是陡坡塘瀑布。这是黄果树瀑布群中面积最宽的瀑布，形成在钙化滩坝上。每当洪峰来临，它都会发出深沉的吼声，当地人又称它"吼瀑"。早在三四百年前，徐霞客到此游览，就深陷于它的壮观之中不能自拔。后来，他用文字如实记载了眼中所见：

又西二里，遥闻水声轰轰，从陇隙北望，忽有水自东北山腋泻崖而下，捣入重渊，但见其上横白阔数丈，翻空涌雪，而不见其下截，盖为对崖所隔也。

　　三四百年过去了，多少沧海成桑田，它的样貌，却一如从前，还保持着从前的豪迈，如龙腾如虎跃。它的名气，越来越响，每年都有人千里万里，漂洋过海奔了来，只为一睹它的风采。

　　从陡坡塘过去，走不多远，就到黄果树瀑布了。山下到处有兜售雨衣的。卖雨衣的妇人劝我们，买件雨衣带上吧，不然，上去之后，你们准会被淋透。妇人说得没错，我们往山上去，每多走一步，空气中的水雾和湿气就增厚一层。道旁的树上，成串成串的水珠往下淌，山下的烈日早已隐匿不见，眼前只有一片烟雨茫茫。耳畔忽然传来瀑布的"虎啸狮吼"，惊天动地，真个是未见其影先闻其声了。

　　这个时候，你千万不能激动，得小心脚下。湿滑的台阶，一不留神，就摔倒了。我们裹紧雨衣，相互搀扶着一步一步往上挪，"虎啸狮吼"不绝于耳，伴随着隆隆之声的，是密密洒落的水滴。终于，透过树的缝隙，隐约见到一队飞纵的"小白马"，急急奔驰而下。看，瀑布啊！身边的人群发出欢呼声。这多余的一句话，没人嫌多余。再走近些，瀑布的面貌清晰起来，像无数只白鲸在腾跳。有观瀑台建在山谷之上，与瀑布隔着一谷的距离。人站在观瀑台上，对面袭来"狂风暴雨"，好像随时要把人吞下去。这个时候，才真真切切体会到徐霞客的感受："如鲛绡万幅，横罩门外，直下者不可以丈数计，捣珠崩玉，飞沫反涌。"它的雄姿英发，再不好比拟了。见多识广的徐霞客在它跟前，也不免发出一声喟叹：

盖余所见瀑布，高峻数倍者有之，而从无此阔而大者。

如果你有足够的时间，不妨慢慢走，慢慢看，从不同角度欣赏。仰视，俯瞰，侧观……无论你走到哪一个角度去看它，它带给你的，除了震撼，还是震撼。这天地间千百年来训练有素的水啊，聚集在一起，合演一曲《破阵子》。

六月十九日

作为"黔东门户"，铜仁给我的第一印象，像个古老的城堡。四周的山做着屏障。我和那人绕着它的一座小山走了一圈，毫不费力。山坡上长着南瓜、茄子、青椒……很烟火。

查了一下它的周边，值得一去的地方有大明边城和苗王寨。

资料里介绍，大明边城是在明朝铜仁府古渔村遗址上开发出来的，是一座以明史为基调的小城，贵州六百多年的历史文化，浓缩在那里。

我们直奔那里去。

城不大，锦江做伴。一条名匠街，寂静着。无游人，除了我和他。

我们在街上慢悠悠地走。我很想深刻一下，怀怀古什么的。却不成，眼前所见之物，带着明显的人工痕迹，没有打鱼的，也没有擂鼓助威的。好多店铺都关着门。有一家传出叮叮当当声，我跑过去看，是做银饰的，男女二人经营着。女人见到我，一喜，忙忙邀请道，进来看看吧。一只黑猫蜷在阴凉处，眯着眼看着街道。

门票含了乘坐竹筏和看演出的项目。我们去坐竹筏。撑竹筏的男人本来坐在树荫下发呆的，他跑来解开缆绳，热情满满地说，闲着也是闲着，就陪你们多逛两圈吧。结果，他真的让我们在江里多兜了两圈。我们看江，看山，看隐在山坳里头房子的一角，灰灰的屋脊，像大鸟的翅膀。没有游人摩肩接踵，山水无碍，从前的光阴，兀自沉睡着。我有幸路过这样的安静，很喜欢。

去小剧场看了一场放花灯的演出。底下的观众除了一个工作人员，就我们两个。那么多的演员，却一点儿也没有敷衍的意思，他们认真地化了妆，认真地换了服饰，认真地上台表演。说、唱、跳，天上人间，共赏花灯。花灯结缘，共谱恩爱。看得我们实在不好意思，啊，这是专场啊。

下午去苗王城。车行一个多小时，也就到了。

寨子始建于明洪武初年，占地十平方公里。外围的石墙高达三米，曾经的苗人在上面巡逻放哨。寨子的房屋大多数是木质结构，随山势水势而走，盘旋着，上上，下下，左拐，右弯，形成独特的"歪门""斜道（邪道）"的建筑风格。前后共有六个古兵寨，有十一条巷道，十一道寨门。每家每户都有自己的前后门，且相互贯通，外人走进去，就是走进了一座迷宫里，轻易出不来。想来曾经的苗王，坐镇此地该是何等威风，他站在点将台上，挥舞令旗，捶起苗鼓，吹响牛角号，把家园守护得跟铁桶似的。谁敢来犯，定叫他有来无回。

苗王河忽隐忽现。寨子里弥漫着浓浓的烟火气，家家都烧酸菜鱼。鱼是江里的、湖里的、河里的，鲜嫩得不得了。我们在里面一通乱转，也不辨方向，走哪儿算哪儿。遇见苗王故居了，是一个叫吴黑苗的苗王曾居住的地方。高高的门楼，很威武。后门进去，有个后花园，花园里有丛三角梅开得很热烈。

走着走着，走到了山上。山上有村庄，庄稼地井然有序。地里长红萝卜。野草覆盖的田埂道旁，开满无数的一年蓬。白净的花朵，像些小碟子，盛着蓝蓝的天，白白的云。蜂飞蝶舞的。这些蜂和蝶怎么任性都行，无人管束。

有村民遇见我们，停下来，冲我们点头微笑，问，来玩的？我们答，是啊。他便满意地又点一点头道，好好玩啊。说罢，背着双手走了。我们看着他走，他走过一片萝卜地，走过一蓬一年蓬，拐过一个山角。我们因这一小插曲，乐了好久。

有孩子从山下爬上来，小脸蛋通红通红，像只结实的大石榴。我跟他打招呼，小朋友你好啊。小人儿吃一惊，看看我，忽然伸手一指山上的房子，说，我家是山上的。

唔，你家是山上的呀，我故意逗他，那我们去你家玩好不好？

他眨巴着一双大眼睛，想一想，答应道，好。我家里还有红萝卜和番茄呢，他颇神气地说。

我忍不住抱抱他，谢谢你啊，小宝贝，你回家去吧。

他不解地看看我，顿一顿，害羞地笑笑，转身一溜烟跑了。

我在心里说，孩子，愿你永远都能这么纯真，如这里的山水一般。

下山时，我们坐小皮艇游苗王河，穿峡谷，观溶洞，观瀑布。河水青青绿绿，山上树木葱茏，我的眼睛看着看着，莫名潮湿了。都说江山如画。然要怎样的画卷，才住得下这样美好的江山啊！

河上有风雨桥。从前这是座木板桥，桥两头建有木头亭阁，中间用木板铺垫。若有追兵至此，立即抽掉木板，断掉敌兵去路。现在改成石头的了，是苗族青年男女"赶边边场"（唱情歌、谈恋爱）的地方。古老的吊脚楼，静静立在水边。吊脚楼前，铺满野草、野花。

周边都是山，山上的梯田像画上去似的。天上的云飘得淡淡的，风也吹得淡淡的。一切都是叫人愉快的。

华阳的早晨

华阳的早晨，是被山唤醒的，是被水唤醒的。

地处秦岭主峰南坡腹地的这座古老小镇，群山环绕，山峦叠翠，东西两河并流，使得它像一扁小舟，翩然于青山绿水间，一渡就是两千多年。

我早起，轻手轻脚推开大秦岭酒店的门，整个华阳，尚在睡梦中，气息均匀，姿态恬然。我站在黑暗里，适应了好大一会儿，才看清楚眼前的房子和路。远远近近的山，却早已经醒了，正伸胳膊踢腿的，眉目楚楚。

我很想知道，是哪座山峰先醒的呢？它一夜好睡，舒服地伸了个懒腰，顺手捧起一捧露水洗脸，神清气爽。——这会儿的山，更像丰腴的妇人，柔且媚着。紧接着，一大家子陆续起床，一时间，小孩子闹大人叫的，语声切切。山们走动的身影，便在晨雾中绰约着，无声地喧闹着。

鸟也跟着醒了，快活地鸣叫起来，啾啾的一两声，清脆，婉转。它们是在哪座山上呢？我抬头去寻。——寻是寻不见的，满眼都是云雾朦胧。并不失望，反倒充满欢喜，我在心里猜着，它们是小雀？是白头翁？是画眉？还是被当地人称为神鸟的朱鹮？

白天，我们一行人特地去看过朱鹮。微雨，满山的绿，凌乱肆意地铺陈着，葱茏欲滴。野菊花和山喇叭，这里插几朵，那里插几朵，一律撑着或红或粉的小脸蛋，笑嘻嘻的。众人做深呼吸，羡慕道，这么好的天然氧吧啊。是恨不得把它搬去自己的城。这时，就看到绿的山谷中，有白色大鸟的影，扶摇直上，如仙鹤飘飘。大家惊呼，朱鹮！一时间怔住，只呆呆看着那美丽的影，在绿树间，白花朵一般地，绽放着。深谷中传来它的叫声，呱咕咕，咕呱呱——像被宠坏的孩子在撒娇。它也真是备受宠爱，当地人说起它来，一脸神圣。他们敬它爱它，地里的庄稼，从来都不打农药，怕它受到伤害。它成了自由的生灵，爱停歇在哪片田地，就停歇在哪片田地。爱吃哪颗谷粒，就吃哪颗谷粒。爱在哪棵树上做窝，就在哪棵树上做窝。据说，有人曾搞过试验，带它去别的地方放飞。它辗转多天，又飞回来。鸟比人聪明，心里明镜儿似的，知道哪里的山山水水，才是它永远的家园。

天光一点一点开了。我可以清晰地看到路旁的植物，三五棵向日葵，顶着金黄的小脑袋，睡眼惺忪。紫薇们则容光焕发，浓妆艳抹，端出一簇一簇艳粉的花，于晨雾中翩翩起舞。一丛爬藤植物，顺着一幢老旧的平房，攀爬上去。把一片一片的绿叶子，镶在石灰斑驳的墙上，像意象画。平房空着，门锁生锈，久无人居住的样子。可曾经的痕迹还在，房檐下垂挂过苞谷和辣椒。我看见半截枯了的苞谷，和一截风干的辣椒，在窗台上。

虫子的叫声，格外高亢起来。它们睡饱了，被山唤醒了，被水唤醒了，一骨碌爬起身，喝着甘露，吮着花香，精神头儿十足。

又是美好的一天，怎么能不欢唱？于是这里那里，响彻着虫鸣，仄仄平平，平平仄仄，如宋词一阕阕。

水的弹奏，一直伴随左右。不得不说，这里的水，太能弹唱了。我们沿着傥骆古栈道，一路上行，水就跟着弹唱了一路。平缓处，如弹着六弦琴。湍急处，如吹着萨克斯，又好比在敲大鼓。模样也是千变万化的，有的地方似优伶，绿衫绿裙子，甩着水袖咿咿呀呀地唱啊唱。有的地方似远古的汉子，扎着白头巾，大口吃肉，大碗喝酒，击缶而歌，豪气冲天。

我于夜晚，登上观景台，听到水在山下唱歌，哗哗哗，哗哗哗，一曲接一曲。整个华阳古镇，都躺在水的歌声里。山风轻拂，夜色迷离，只觉得此生此夜，已是永恒。后来，我回到酒店，关了灯，躺在床上，听到水在身侧唱歌。躺不住了，去寻。一个人穿过寂静的古街道，路过一些小商铺，路过一架古老的水车，路过一座古戏台，一路走到风雨桥去。水全汇聚在那里呢，千军万马，旌旗猎猎。河底，洁白的石头，一个挨着一个。夜里看过去，像一群一群的小羊。羊也会唱歌的。——这里，没有一种生命不会欢唱。

我想起在瓦子沟偶遇的那个着红衣的妇人。午后，我们乘车沿着山间田园一路飞奔，突然听到歌声，从一片稻浪上滚过来。那是怎样的歌声啊，如裂帛，石破天惊。又如长调，清冽冽的，缠绵不休。一车人激动地打眼去找。山脚下，有田园如图画展开，一田的稻穗将黄未黄，一半金色，一半浅绿。金色与浅绿间，妇人的红衣裳跳出来，夺目着。妇人正在田埂边割羊草，左割一下，右割一下，野棉花在她身边开得热烈。

她一边割草，一边唱着。她对着野棉花唱，对着稻穗唱，对着青草唱，对着镰刀唱，对着手里的草篮子唱。我们下到田间，走过田埂道，向她奔过去。她笑吟吟起身，看着我们，歌声却并未停下。她就那样对着我们唱，把我们当成山谷，当成树，当成稻穗，当成野棉花。等她终于唱完一段，我们才有机会插话。她说她从小就喜欢唱，每天都唱，唱了四五十年了。她说现在的情歌不好听，不是我爱你呀就是你爱我的，没有民歌好听。她说她不识字儿，可她唱的，都是她自己编的曲儿和词儿。她刚刚唱的就是她编的一个故事：表哥表妹两个人相爱着呢，可是，表妹的父母不同意，硬生生拆开他们，把表妹嫁给了另外的人。表妹出嫁前，对着表哥发誓，等我死了后，我还是要和你在一起。

她讲毕，又亮开嗓子唱起来，旁若无人。我只觉得嘭的一下，有泪涌至喉头，怕人看见笑话，拿人送我的一束野棉花挡了眼睛。你来，或者不来，她都在。她已融入这里的山山水水中，像一朵野棉花，开放在她的世界里。我们的路过，不过像掠过她身边的一阵风，很快消失得无影无踪。她仍然割着她的羊草，种着她的苞谷和水稻，唱着她的歌谣。

尘世万千，原各有各的幸福好守。

天，也终于大亮。我遇到早起的小镇人，背着背篓。我跟他打过招呼，问他哪里去。他笑回，掰苞谷去。笑容温暖安静。我微笑地看着他远去，想到瓦子沟的那个妇人，这会儿，她也醒了吧？她一定哼唱起来，愉快地打开鸡圈羊圈，打开院门，折回屋内，生火做饭。不一会儿，炊烟飘起来，喷着香。尘世寻常的日子，在她的歌声里，又掀开新的一页。

邂逅明仕田园

十一月的天，南宁进入最好的时节，温度恰好，山峰温柔，花树富丽。不时有开得繁茂的三角梅、洋紫荆、蓝花草、朱缨花和槐叶决明从眼前掠过，从南宁到明仕田园，三个多小时的车程，我观赏了三个多小时的植物大片，兴趣盎然。

明仕田园让我有些意外了，原以为只是个小庄园，有田舍、农人、鸡鸭牛羊而已。不料端出来的，竟是一顿山水大餐，片片奇峰，处处秀水，清逸出尘。这满桌"佳肴"，让人一时竟踌躇起来，无从下箸。

我们乘竹筏，顺水而下，荡进梦幻一般的明仕河里。

如果把明仕田园比作一个秀美的女子，那么，这条明仕河，就是她水汪汪的大眼睛。发源于越南的明仕河，把它的灵动和深情给了明仕田园。两岸群峰清秀，凤尾竹绕岸，白墙黛瓦的农舍隐约其间。

河里游过一群鸭子，一二三四五六，共六只。竹筏上的壮族阿妹，伸手数着鸭子，惊讶地"咦"了声，问领头的鸭子，你还有两个老婆哪里去了？领头的鸭子对她很熟，嘎嘎两声，似在回应她的话。阿妹告诉我们，这是只公鸭，每天都带着它的七个老婆来巡视这条河哩。奇怪，今天还有两只鸭子去哪里了？阿妹自语道。她的话音刚落，鸭子又冲她嘎嘎两声。一竹筏的人都笑了，啧啧称奇。

岸上凤尾竹的竹梢上，粘着一团团黑乎乎的类似蜂窝的东西。阿妹让我们猜猜那是什么。我们都猜是马蜂窝。阿妹乐了，不是啦，那是蚂蚁窝啦。因地上太潮湿，蚂蚁们都把窝搭在竹梢上了。

我们这里的蚂蚁都成精了，阿妹开心道。

众人又一通称奇。

路过一片蔬菜地，有阿婆在浇水。阿妹高声地跟她打招呼，她们热乎乎说了些话，我们自然是听不懂的。阿妹解释道，那是她娘家的邻居，问她今天回不回家。她又指给我们看，说她娘家就住在那片竹林后面。看见没，就是那幢白墙的房子！阿妹很兴奋。

我们顺着她的手指方向看去，看到好几幢白墙的房子，掩映在竹林里。

阿妹嫁到另外一个村子。这里搞旅游，她就回来做导游了。我天天在这条河里要走好几趟呢，阿妹笑着说。笑着的阿妹，就跟一汪活泼的水似的。我们中有人提议道，阿妹，唱首山歌呗。阿妹毫不忸怩，说声，那我唱了啊。张口就来。

阿妹的嗓子沙哑着，不算动听，却因为投入，显得真挚动人。

水清清的，如泡了无数枚青青的竹叶。远处近处的山峦，耸立如驼峰，连绵在一起，好似一匹匹骆驼，缓缓地、稳稳地走在蓝天白云下。我很想坐到上面去，任由它们载着，也那么缓缓地、稳稳地走着，随便走到哪里去，都好。

有老人划着小船，前来接应。他是对山歌来的，无论你唱什么，他都能答。撩拨得竹筏上的人雀跃欢腾，大家胡乱唱了一气，一时间欢声笑语不断。

岸上响起山歌声，是男女声对唱。大家顺着歌声看去，一对老夫妇衣着鲜丽，撑着伞站在水边石阶上，恍若电影里的镜头。阿妹说，这是景区安排的，他们每天站在河边，来了客人就唱，一个月一人一千二百块。他们很乐意这么唱着。他们年轻时就是在对山歌时碰出火花来的，两个人相爱了，结婚了。他们唱了一辈子的山歌，词都是自个儿编的，能唱上三天三夜不重样。

众人一时静默下来，听他们唱，听得心里涟漪四起。真好，因歌相爱，因歌相守。绿水青山，是他们永远的底色。

竹筏乘完，上岸，到湖上一座九曲回肠桥上去。桥壁上，钻有圆月一般的孔洞。随便趴在一个洞口拍照，都可拍出花好月圆的效果。远处的山峦，近处的田畴和湖水，互相辉映，勾画出一幅又一幅人间仙境图。我不加选择地瞎拍一通，后来发现，我拍出的每一张图片，都可当明信片，寄给喜欢的人。

青海湖畔

在黑马河入住。

我们住的是政府招待所，条件一般。然打开二楼的窗，就可以看到卧在不远处的青海湖，厚厚的深蓝，一直铺到天边去了，上面趴着慵懒的白云朵。

我挺满意这么看湖，隔着一段恰到好处的距离。

窗下一堵墙外，是民居。有个男人在院子里收拾什么，用麻袋慢慢装。我看一眼他，再看一眼青海湖。一匹马，不是黑马，是黄色的，背上安着红红绿绿的鞍子，在我的窗下吃草。仅一匹。它是谁家的马呢？男人家的吗？窗下那么多绿草。男人的院门外，就是草地，草们勾肩搭背，热热闹闹往着湖边去了。

我也坐不住了，跟着草走。黄昏了，黑马河的太阳还很晒。胖胖的羊，沐着阳光，在路边漫步。走不多远，就看到一些很有特色的民宿客栈，一幢挨着一幢，在路边待着，大门正对着湖。我有点后悔，早知道，该住这民宿客栈呢，清早起来看日出也方便的。客栈主人热情邀请，进来住啊。我只能摇摇头，不能的了。

草们上坡，下坡。我跟着它们上坡，下坡。进入茂密的草原了。

草原上有砂石路，是为牧人们放羊开辟的呢，还是为了游人们去往湖边观景开辟的呢？我以为是后者。羊们的脚下就是路，它们走到哪里，牧人们就走到哪里。

一群羊奔跑起来，像一堆堆白云在地上滚。五月末，青海湖正逢好季节，水肥草美，羊们一个个都养得膘肥体壮的。牛也是。有的牛特别好看，头上有白角，脚也是白的，身形壮硕。我们走过，它们不吃草了，抬头好奇地看着我们。

有一家人在草地上铺开地毯。小娃娃如小羊羔，在草地上蹦跳。看见我们，他们一齐笑着打招呼，问，来自哪里呀？我们答，江苏。他们便点点头，哦，江苏是个好地方。他们是青海本地人，常来这里玩。

终于走到湖边。我被吓住了，那么厚的水，呈藕粉色。似乎舀上一勺来，就可以直接搓成藕粉圆子。浪又大又急，哗哗之声不息，简直就是汪洋大海啊。鸟也多，是斑头雁和鸬鹚。它们有的在草地上漫步，有的歇在湖里一瘦长的小岛上。草地上的一群，见我们走近，一齐腾飞，像排练好了似的，一会儿俯冲至水面，一会儿又飞翔至半空中。它们是优秀的舞蹈家，每一个姿势，都往着优美和壮阔里去。

风比浪大，或是浪比风大。谁知道呢？湖边好冷。我裹紧了衣服，还是冻得瑟瑟的。却贪恋着这份宁静美好，迟迟不肯走。远处的雪山，眉目分明，身上披着夕照之光，像一尊慈眉善目的仙翁，一袭白袍子迎风飘拂。夕阳投射下牦牛的影子、羊的影子，还有我的影子。我的影子在草地上，像个幸福的稻草人。有紫花和黄花，在我的影子上开着。

漫游苏兹达里

从莫斯科去苏兹达里，这个享有"童话城市"美称的美丽小镇，已有一千多年历史，境内名胜古迹遍布，是一座历史博物馆城市，被列为世界遗产。

一路上都是森林和草地，有繁花开得灿烂。人家的房，掩映在绿树丛中，只露出红色的、蓝色的、青色的屋顶。路边不时晃过一些房屋，小小的平房，都有很大的院子，虽是匆匆掠过，我还是瞅见了一院子的花，红红白白黄黄。想那些房子的主人，日日对着一院子的花，心情该是多么愉悦。

三个多小时后，我们到达苏兹达里。眼前一座座白色的房屋，像用雪砌出来的。从前的风情，已凝固成岁月的华章。城内拥有教堂五十多座，与这里人们的生活息息相关着。据说冬天才是最热闹的，四面八方的人，都穿着鲜艳的民族服饰，来到这里。人们乘着雪橇，载歌载舞，通宵达旦，搞得这方小小天地，宛如童话中的王国。

我们先去拜访它的木造建筑博物馆。这所建于二十世纪六十年代的博物馆，还原了几百年前苏兹达里人们日常的生活场景。

木头教堂好看，有冬教堂，有夏教堂。这样的大型木头建筑，上面不用一根钉子。木刻楞一幢一幢，周围都有绿树繁花环绕着。走进一户人家去参观，两层的小木楼，楼底摆着简单的家具，墙上挂着农作物和农具。窄而陡的楼梯上去，是卧室，床小而窄，被子枕头堆在一头。很不能理解，俄罗斯人都长得胖而高大，这么小的床可怎么睡？导游解释道，俄罗斯的冬天漫长而严寒，床窄，他们睡觉就必须蜷着，身上的热气不容易散去。

草地油绿，蜀葵、格桑花、葵花开得欢天喜地。树长得茂密，花椒树上，挂满红宝石一样的果子。眼前的颜色都是艳丽的，像彩绘的壁画。

流经小镇的河叫石头河，河水清清幽幽。河对岸，草地连绵起伏，上面开满小黄花小紫花。一头牛独自占据一片草地，它顾不上吃草，也顾不上吃花。一拨人走过来，它看人。再一拨走过来，它继续看人。目光温和，黄棕色的皮毛，缎子似的，在阳光下闪闪发光，像马一样的神气。大家都跑去跟它合影。它很镇静，仍是目光温和地看着你。

俄罗斯大叔弹得一手好手风琴，他坐在草地上放歌。有小摊子摆在路边，只此一家。卖些什么呢？水果有，小饰品有。摆摊的女郎笑嘻嘻的，也不吆喝买卖，只顾看着走过的一行人笑。

大叔的歌喉真是好，唱的是俄罗斯民谣。嗓音嘹亮，激情澎湃，听他唱歌，让人忍不住想跳舞。我站在路旁听得入神，他快乐地冲着我笑，示意我到他身边去。我们语言不通，可音乐是相通的，快乐是相通的。我和他相处了一首曲子的时间，他弹，我跳，然后我们友好地说再见。

蓝天上不挂一丝云，干干净净，是那种能淹死人的蓝。我们慢慢走向山丘上的一座宫殿，这座被人们称为"小克里姆林宫"的宫殿，内建有基督诞生大教堂，是十三世纪的老建筑了。它有着五个蓝色洋葱头的顶，上面缀着无数金星。高耸的钟楼，和奶白色的墙体，映衬着可爱的洋葱头，像童话里小王子和小公主住着的城堡。它是苏兹达里标志性的建筑。

　　它的里头跟俄罗斯别的教堂没什么区别，遍布彩色壁画啥的。到俄罗斯来，我已看太多这样的壁画了，这回，只在它的外围转了两圈，就向山坡下的草地走去。下午的阳光，泼洒在草地上，像汪着一片金色的海洋。这是俄罗斯的阳光，是俄罗斯人最珍惜的上帝的礼物，只要阳光一出来，他们就全体出动，跑出来晒太阳。恨不得拿木桶把这样的阳光装满，贮藏在家里，待到冬天时，好取出来，一点一点享用——这里的冬天太漫长了。

　　太阳落山了，我们也该走了。路边有小木屋，里面都有啤酒卖。这里的蜂蜜啤酒是特产，大家都跑去买。一百五十卢布一大瓶，足足有两公斤重。晚上的晚餐，大家一边喝着蜂蜜啤酒，一边吃着沙拉拌生菜和冰激凌，觉得不虚此行。

夜宿赛里木湖

晚上十点，黄昏才慢慢降临到赛里木湖。

赛里木湖的水，发生着急骤的变化，由宝石蓝，渐渐变成彩虹色，又变成珍珠粉、水银色，最后变成银灰色，天与湖彻底交融到一起，找不到它们的分界线了。湖水镜子一样的。不，不，它就是一面镜子。白云幻化成雾，袅袅于湖上起舞。丘处机有诗云："天池海在山头上，百里镜空含万象"，他说的"天池"，指的就是赛里木湖。

夕阳的卵慢慢孵化，一点一点，把湖水染红，湖水沸腾起来，它们跑向山峦，跑向天空，天与山与湖，皆红艳艳的，灼灼其华。那会儿，我真恨自己词穷笔拙，实在描绘不出那样的景象，只能眼睁睁看着，看得眼睛都融化了。

哈萨克族的小孩们仍在草地上玩耍，他们不看夕阳，不看湖，他们争着最后的天光，呼叫着，奔跑着，追逐着，踢球、骑车，像小马驹。

牛羊们归家了。哈萨克族的女人们开始做晚饭，毡房里一片热气腾腾。气温降了。七月天呢，这里的黄昏，却冷得像寒冬，雪山披着一头的雪，立在草原的后头。我换上冬装，像羊一样的，在草地上闲遛。女人们很友善地冲我笑。男人们遇见，问，吃了吗？

天渐渐暗下来，湖水的色泽开始变淡，刚刚的华彩喧腾，仿佛是一个梦。天上的云，排列在湖上，像一排黛瓦粉墙的房。一缕一缕的红霞，是飘忽在房屋之上的红飘带。星星们出来了，密密的，又大又亮，像红宝石。远山如黛，湖水如黛，星星们提着夜灯，照着它们的梦。

早上四点多醒来。其实，我一直都没有深睡，毡房里烤着火，暖烘烘的，让我极不适应。怕吵醒别的人，我只能干躺着，等着天亮。夜，黑着黑的静。旱獭偶尔叫上一两声，不知是不是做梦了。牛羊马都睡了。白天那些奔跑的哈萨克族孩子，也都在各自的毡房里睡熟了。草原的夜，是这样的相同，又不同。湖呢？听人说，夜里的它，会呈现出忧伤的样子。

五点半，我悄悄起床，走出毡房。天微微亮，一枚月亮，挂在毡房上空，像半枝莲花。繁密的星星，只剩下三五颗了。有鸡在叫。也有虫和鸟的声音。羊偶尔咩咩两声，如梦呓。湖安静地朦胧着。四周的山，也都朦胧着。我向湖边跑去，等着看日出。

东边的天，慢慢挣脱出一缕红来，我知道，一个红太阳，就候在它身后。掬一捧湖水洗把脸，觉得心也被它清洗过了。从此后，尘埃无染。这时，天边的云彩，开始一点一点在给湖水着色。不是深红，不是艳红，是红晕轻染，含了羞。

眼见着云霞堆厚，似燃起一堆篝火。那篝火越燃越旺，越燃越旺，我紧张地盯着，不敢眨眼，心里怦怦跳着，我知道，我将见证一个奇迹。是的，奇迹果真出现了，一个红彤彤的"胎盘"，从"火堆"里蹦跳出来。也只在瞬息间，那"胎盘"就膨胀得无限大，里面的光芒，再也藏不住了，喷涌出来。万道金光，霎时间照耀在天地间，太阳诞生了！那样的鲜嫩，似乎还看到它脸上细小的绒毛，那崭新的生命！半个赛里木湖被染得彤红，醉醺醺的。有鹰飞过，黑色的翅膀上，驮着一坨红。

我呆呆看着，直到太阳完全升起，直到红色完全消散。我慢慢往回走，一边欢喜一边心疼，这样的日出，今生，对于我来说，也许仅此一次。之前我不在，之后我不在，它饱过谁的眼？它又将饱谁的心？

八点多了，草原也渐渐醒了，各种声音明晰起来。遇见两头牛，埋头在吃草。我跟它们打招呼，它们好笑地看看我，又埋头吃草去了。

有炊烟从毡房里升起。牧民们又将开始新的一天，放牧他们的牛羊和孩子，喝着他们的奶茶，吃手抓饭和厚而香的馕。

云台山之行

一

从济南，一路奔云台山而来，从黄河南岸，抵达黄河北岸。

预先订好的宾馆在山脚下，名字不错，云舍。是云居住的房子。很好，我们将和云住在一起。

五月份属旅游淡季，空房间多的是。小服务员领着我和那人楼上楼下一通逡巡，我选了间窗户朝向一座山的房。山上趴着一朵云。我看了眼那朵云，它也看了一下我，算是相识了。

下午三点，出门去。不多远，就到了景区入口处。

景区里有大巴接送，非常方便。

我们先去了温盘峡。这是个多姿多彩的峡谷，如同盆景一般。崖壁都是夺目的赤色，故又名"红峡谷"。

外头是看不出来的，从外头看，挺普通的一座山，有些地方还光秃秃的。进入里面，才知什么叫别有洞天，山的模样异常俊秀俊美起来，满满的绿，铺天盖地。山崖上攀着绿。岩石上绣着绿。

水里面拌着绿。潭多，一会儿就碰上一个。山路七拐八拐的，水声淙淙，不绝于耳。

走在只容一人经过的栈道上，不时要弯一下头，防止碰到上面的崖壁。崖壁赤红。有人形容这崖壁像煮熟的牛肉，一块块挂着。真是有趣得很。深涧就在木栈道下，绿绿的波纹，厚厚地激荡着。

有鸟声在林木深深处，如赌气的孩子，说着才不呢，才不呢。我侧耳听半天，奇怪着这是什么鸟，它跟谁在赌气呢？笑问一在清扫山路的环卫工人，他停帚，也侧耳听听，说，不知是什么鸟呢，反正是只鸟吧。

嗯，有道理，反正是只鸟吧，要搞得那么清楚做什么呢。山水就在这里，它从不曾问过谁的来处，谁的去处。

我们继续走走停停，不时崇拜崇拜一下大自然的鬼斧神工。为一口深潭发发呆。为一丛灌木发发呆。为一挂瀑布发发呆。为一尊苍老的岩石发发呆。那岩石看上去，真像一个着宽袖大袍的道士哎。

山上有紫藤花廊。我以为是真的，跑过去，发现那些紫藤花都是绢布做的。尽管如此，我还是很喜欢。

山顶上建有个大型水库，山下之水都是来自这里。俯瞰下去，水库也是烟波浩渺的，杳然不知多深。

二

早起，宾馆提供早餐，一碗花生山药粥，一个鸡蛋，两只馒头，配了两碟小菜，又干净，又经济实惠。我一边吃，一边对小服务员许诺，你们家太好了，下次若来，还住你们家。惹得小服务员笑个不停。

饭后，我和那人不慌不忙地，继续去游山玩水。天下小雨，微凉。空气清新得不得了，每棵草每片叶子，都是鲜嫩水灵的，直接能摘下来丢嘴里嚼。

去茱萸峰。云台山的主峰，也是云台山的精华之所在。来之前就听说了，这里是植物的王国，奇花异草珍奇树木有五百多种。从前竹林七贤寄情山水，常在这里闲逛，喝酒聊天，弹琴吟诗，如神仙般自得自在。我们做不成那样的神仙，觅得一丝从前的气息也是好的。

山路清凉，植物茂密。我们边走边认认那些植物，如认下新朋友。遇木蓝、野杜鹃、野葡萄、茱萸、黄栌和荆条。木蓝的花可爱，紫红的一串串，倒挂下来，如穗子般的。从前人也用它做染料，染出蓝靛花布来。茱萸早在曹植的《浮萍篇》中见识过："茱萸自有芳，不若桂与兰。"曹植拿它和桂花、兰花相比，似乎嫌它的芳香不及。然茱萸的好，又不是别的植物可替代的，"九月九日，佩茱萸"，这是约定俗成的风俗。唐朝诗人王维九月九登高望远，一声长叹"遥知兄弟登高处，遍插茱萸少一人"，一直响彻至今。我见到茱萸真身还是首次，所以很有些激动，大呼小叫地跑过去。

引得后面一支老年团队的人也跟着跑过去，一个一个互相打听，是茱萸吗，在哪儿？

茱萸的花黄色，四瓣，盘成小碟子状。叶子长椭圆形，揉碎了闻，有淡淡的香气。我们还幸运地看到了茱萸红红的果实，跟红玛瑙似的，一撮撮坠着。老年团队中的两个老先生三个老太太尤其兴奋，他们嚷嚷着，哎呀，终于见识到啥是茱萸了。他们围着茱萸拍了很多照片，说了很多话。我顺便也把他们当风景赏了。活到老还有一颗好奇和快乐的心，是种福气哩。

有两种植物的名字叫得好玩，一种叫照山白，一种叫叶底珠。照山白的花是细细碎碎的，许多的小碎花，团成一个球。花五瓣，像张小小的笑脸。这张笑脸白如梨花，映照得山色有了洁净之感。它还有名叫小花杜鹃、白花杜鹃、白镜子啥的，都不及照山白这个名来得妥帖和诗意。叶底珠叫得也形象，花果细小，密集于繁茂的枝叶底下，一枝枝。深秋时它的叶更入景，通体血红。它又名一叶荻。这个名字也好，很《诗经》。又有植物叫山木通，开米色小花，星星点点的。

遇到一棵一千八百多年的五角枫，我很恭敬地对它拜了拜。人类的阅历再深厚，视野再广阔，生活的经验再丰富，哪及一棵植物啊。人类在植物跟前，应该永怀一颗谦卑的心。

一只黑色的大蝴蝶跟了我们许久。乌鸦的叫声唤出了太阳。树影子落在石铺的小径上的模样很动人，像水波一样晃动着。更像是栖息了无数的蝴蝶。一阵风起，它们都会飞起来的。

山顶托着几朵白云。山下隐约房舍。山谷幽深。我们向着那几朵白云爬去。有年轻夫妇带了小孩子来爬山，那小孩子最多两三岁，挣脱了大人的手，非要自己走不可，他一步一步认真地走，像只蹦跳着的小小鸟。

半山腰处有供游人吃东西休息的地方。一只小黄猫蹲在那里喵喵叫着。我逗它，我说小家伙，你好孤单啊。旁边卖黄瓜的人一本正经地反驳我，它才不孤单呢，它有伴的。它是只母猫，怕它寂寞，我给它抱了一只公猫呢。两只猫常在一起玩，这会儿公猫可能有什么事去了。

唔，我忍住笑点头道，原来是这样啊。

遇到三个七十来岁的老人，一男二女。男的说，趁腿脚还好出来玩玩。女的不大走得动，笑着抱怨，这是拿钱买罪受呢。

说到底我们年纪大了，不适合爬山了，她对另一个女的说。那女的附和着点头。男的就笑了，说，想当年，我三十多岁时，一个星期去爬两次泰山的。

他们说起年轻时的事，干过很多体力活，却吃不饱。方圆多少里也找不到一个胖子。怎么会胖呢？那时看到一个胖人都觉得稀奇和羡慕，啊，他该吃多少粮食才养得这么胖啊。也没见过中风的。怎么会中风呢？天天有活干，身体精干着呢。

现在的人啊，动不动就中风了，就瘫了。还是生活条件太好了，缺少锻炼啊，他们感叹。叹完又继续往山上爬去。我把他们也当风景赏了，笑着目送了他们好远。

经过药王洞。相传这是药王孙思邈采药炼丹的地方。洞很深，里面供着孙思邈的塑像。我入洞一瞻，里面冷得慌。有管香火的人坐在洞口，身上穿着棉大衣。

山顶上面有个道观，颇有些年代了。我只在外围看了几眼，没有进去。伏在山顶的栏杆上眺望，山峦连着山峦，有的披挂着绿，有的却从密密的绿里头挣脱出来，秀着它健康的肌肉——那裸露的岩石，看上去真是力道无穷呢。我这么看着看着，只觉得高兴，是什么也不用去烦忧的高兴。当我这么看着山时，山也是这么看着我的吧？

三

周六，景区的人明显多了起来，看到舞着小旗子的导游，带着一群游客，像牧着一群鸭子。我和那人偷着乐，幸好没有跟团呀，不用被催着走，可以任意支配自己的时间哎。

我们目标明确，直奔着泉瀑峡、潭瀑峡和猕猴谷而去。

上午的阳光亮而烈。一路的景观都是可圈可点的，景区的中巴车，在峡谷间穿行，路过一片美貌的湖——子房湖。湖光山色从眼前快速掠过，却也让心头起了涟漪。山势奇特，岩石叠加，如砖头一块一块砌起来的。又色彩各异，赭、青、白、绿、黄，随了石头们的喜欢，爱赭色的，就扯一块赭色披在身上。爱黄色的，就挑一件黄衫套着。大自然是最开明不过的了，完全由着大家的本性来。

峡谷门口地方开阔，一片水塘水波摇荡，上搁竹筏若干，供游人划着玩。水中央有舞台，节目不断，有人打太极，有人舞剑，背景音乐是好听的《云水禅心》。

三条道分别通向泉瀑峡、潭瀑峡和猕猴谷三个地方，我们稍作权衡后，决定先游潭瀑峡。它有"小九寨沟"之称，三步一潭，五步一瀑，又两岸峭壁林立，披绿挂翠。进去，果真如此。

我们跟着一条溪水走，溪水曲曲弯弯，叮叮咚咚，活泼得很。走渴了，伸手在旁边的石缝中随便接点水喝下，清冽甘美。

谷底凉爽无比，亮而烈的阳光被挡在谷外。仰观处，峰群林立，峰峰形态各异。有的形如一根手指头。有的酷似一只蔬菜馒头。有的似金鸡独立。有的似老僧打坐。

植物们丰美得很。峭壁上，山梅花开着，满树白花。茅莓的花真是特别，仿佛包着一颗结结实实的紫色的糖果。苦荬菜的花随便乱插，石头缝里，山路旁，都是。我还见到它们在悬崖上练倒立，耍杂技呢。遇见几株蹄叶橐吾，着实令我兴奋。这种草本植物虽是野生的，我却是第一次见到。它在潭边的石头旁开着花，葵花黄的花瓣儿长长的，酷似野菊花，呈伞状花序。一枝枝竖着，如鸡毛掸子。它为什么叫橐吾呢？跟少数民族的称呼似的。它是花中的少数民族吗？

好奇心让我立即着手调查起它来。终解，原来，植物学中有橐吾属，菊科类。"橐吾"是意译来的名字，品种多达一百五十种，蹄叶橐吾是其中的一种。这名字真是把人唬住了，倘若译成"莲芜"岂不更好？古书上就记载有一种草，叫莲，根如葵，开黄花。跟它说不定是亲戚关系呢。

我代花很不服气了一番，花却不在意，它静静地开着它的花。叫它什么或不叫它什么，都是人的一厢情愿罢了。

遇到两个男青年，也是植物迷，他们携着笨重的照相器材，一路走一路拍，有时为了拍一棵草，要趴到地上去。二十多岁的年轻人看见茅莓，欢喜地"啊"一声，冲过来，仿若发现一块珍宝。

水就不必赘述了，无水不成沟谷的。近看，清澈得水底细沙历历可数。远看，似绿玉带飘拂。花蝴蝶跟着人飞。许是花太多了，蝴蝶也有些审美疲劳了，喜欢上人了。在花蝴蝶的眼睛里，人是种什么样的植物呢？

蝴蝶以黄色黑斑纹的居多，也偶有一两只黑色大蝴蝶，大得像小鸟。

因在潭瀑峡耽搁了太长时间，后来的泉瀑峡和猕猴谷，我们只匆匆走了走，里面多的是山山水水，植物繁茂。泉瀑峡中有落差达到三百多米的天台瀑布，雨季未到，瀑布看上去，瘦瘦的。虽少了雄浑的气势，却多出灵巧曼妙来。只见它如灵猴似的，从山顶上蹦跳下来，活泼飘逸。一大丛荆条，在它身旁的悬崖上，开着碎紫的花。

泉州，泉州

一

十一月末，我到泉州，泉州用雨迎接了我。

小雨下了一天一夜。

我住在风雅颂书局的民宿里。民宿在五店市，栖身在一群老建筑中。

月洞门进去，有小小院落。红红的院墙上攀着三角梅。在南方，见多了这花，它一旦开起来就没完没了，用汹涌澎湃来说它，一点儿不过头。打扮得又艳丽又妖娆，或一身红彤彤的红，或一身富贵昂扬的紫，或一身橘色，或一身素白。它让人误以为它就是风华绝代的，真是聪明得有些狡黠了，鬼精灵般的。其实呢，它的花朵，细小得很，乳黄，藏在艳丽的三枚苞片间。如它这般懂得包装自己的花，少见。我每回见，每回都要惊诧惊喜。

院落的花架上爬着蜜豆花，现时不见花，只见叶。这也是好的。密匝匝的叶片，油亮油亮的，它们倒垂下来，跟耍杂技一般。花架下安放着一架秋千，秋千上没人荡的时候，就荡清风，荡日影，荡星光，荡雨声。

雨声真好。我在二楼的廊下听雨，廊下置有茶桌，背后倚着一簇茂密的竹子。雨滴答滴答，如弹六弦琴。苏东坡的赏心事里有，微雨竹窗夜话。又有，雨后登楼看山。我轻易就得到了这样的赏心事。

当然，夜话最好不要，我情愿沉默。在这样的老房子里，实在不宜多话，就听听雨敲竹叶吧，一声一声里，敲的都是从前的韵律。从前的那户人家，去了哪里呢？我在那木门上，闻到了面线糊的味道。还有润饼的味道，薄薄的面皮里，包着万般滋味。在这里，芋头可以跟南瓜相亲相爱，鸭蛋里可以灌进去肉末。甜汤里的芸豆，吃起来很面很面。牛肉羹上飘着绿绿的葱花。还有土笋冻。还有海蛎煎。风雅颂书局的创始人连真每说起一道家常菜，眼角眉梢都是陶醉，都是欢欣，似乎泡在自家厨房的样子。我喜欢她这个样子，温软，喜悦，沾着烟火。一路的艰辛都藏起来了，一路的风霜都淡去了，没有了雷厉风行，她只是这般，为美食低头的家常女子。

雨后登楼，实在美妙，天蓝得阔绰，云也白得阔绰。蓝天下的五店市，给我闾阎扑地之感，红墙红瓦，一派的喜气洋洋。最有意思的是屋顶上的燕尾脊，不精雕细琢是不能够的。砖雕、石雕、泥雕、瓦雕、木雕，各种雕绘手艺齐齐出马，人物鸟兽花卉应有尽有。看久了，我老疑心屋顶上搭着个戏台子，趁我一不留神，那戏，就开演了，锣鼓铿锵响起来，人物鸟兽也都活动起来。

巷道里有回响。有老师领着一群小学生，一幢房子一幢房子参观，孩子们叽叽喳喳如撒欢儿的雀，他们好奇着旧房子里从前的那些老物件。闽南人爱把房子称"厝"，这"厝"字令我着迷，是屋子里住着昔日啊，或宋代，或明朝，或清朝，或民国。我似乎看到，从那旧旧的院落里，走出一个烧火的丫头，红衫，蓝裤，两条小辫子，辫梢上缠着红头绳。亲切啊，我小时的模样！远隔着岁月的长河，远隔着千重山，竟遇到一样的烟火。

烟火？对，满大街的烟火气。一孩子告诉我，老师，我们泉州的面线糊好好吃啊。我真的去找来吃。巷道里的小店，陈设简单，熬得黏稠的骨头汤里，游着银鱼一般的细米粉。只能喝，不能捞着吃，捞是捞不上筷子的，许是因为如此，才叫面线糊吧。我喝了，并非如孩子形容的那般好吃。然我又深知，孩子说时的真诚。味蕾只忠实于热爱它的人。

晚上九十点的时候，我和我的同行者一起，在五店市内闲逛，我们去寻找好吃的。街头的热闹渐渐散去，一家一家的店铺，关门了。一枚月亮，突然从一棵榕树的后面爬上来，明晃晃的一张脸，像朵丰腴的白菊花，照亮了燕尾脊屋顶上的那些彩雕彩绘，是凤凰，是老鹰，是牡丹花开，是彩衣彩袍的信男信女。我又疑心那里搭着个戏台子，耳边有梨园戏曲响起，咿呀旖旎。唱的是什么呢？是泉州的从前呢，男人们远下南洋，女人们倚门数着日月。侨批往来，装的是数不清的想念和牵挂。他称她阿欣，给她寄信寄钱。信中万言千语，殷殷嘱托，一定要孝顺父母，教育好子女，督促子女多读书，勤修德，"淡饭粗衣未足羞，心田失种却堪愁"。寄来的银钱，买下砖瓦木头，砌出一进落二进落三进落的房，门框上刻上这样的家训：读未见之书如得良友，见已读之书如逢故人。可谓好学。

天上的月亮真亮啊。我怔在那里，被摄去魂魄。

二

我问泉州的孩子们，爱你们泉州吗？

爱！孩子们异口同声声音嘹亮。

我感动于这声"爱"。倘若一个人连自己所在的家乡都不爱，又谈何爱远方？

孩子们的眼神清亮，他们七嘴八舌，从泉州的美食，到美景，一一道来。其中有个男孩子很动情地给我讲了他父亲的故事。他说父亲遭遇过很多很多艰难，却一直一直很乐观，从来不曾放弃过对生活的热爱。所以，他爱他的父亲，爱他们泉州人。

我为之动容。

人永远是这个世上最美的风景，我们留恋一个地方，多半是因为这个地方的人。

我也就很留意很留意地看泉州人。无论大街上，还是寻常小巷里，我在泉州人的脸上，都看到了两个字，这两个字，叫从容。历史上，泉州曾因其形状颇像一条鲤，被称为鲤城。我觉得这名字的贴切，再看泉州人，可不就是一条一条鲤嘛，有见惯了风浪的处世不惊。

这里的人家家家事茶。不管是富贵的，还是贫贱的，家里一套茶具是必备的。你随便走进一家店铺，随便推开一扇门，首先映入眼帘的，必是摆得端端正正的茶桌，上面搁着一套考究的茶具。喝茶吧。——好，喝茶吧。人就坐下来，茶就奉上来。一泡，两泡，三泡，四泡，天光还亮着，不要急着走，且慢慢品着吧。茶是铁观音，这里人的最爱。家家都喝。孩子从会吃饭起，就会喝茶。最好的当然是春茶喽，五月里头采，没打过农药，纯天然的，头茬芽儿呢，有乳香。

他们就这么喝呀喝呀，从从前，喝到今天，祖祖辈辈，喝出一条不间断的小溪流，在一代一代泉州人的身体里，温温热热地流。

我住的民宿，是唤作"春耕"的套房，里面也摆放着一套精美的茶具。我泡了茶喝，一边看门上对联："好书悟后三更月，良友来时四座春。"真是爱极这"四座春"。一杯两杯茶入喉，满室生香，四座春光明媚，我竟好似生来也是个泉州人，举目皆是温暖亲厚。

三

泉州人信佛。人人信。

连真说，她每天早起做的第一件事就是，净手拜佛。啊，然后，一天都是信心满满的，她笑。她这么说着时，整个人都散发出光芒来，喜悦、热忱，还有，洁净。

我偏过头去，静静看她，竟有些羡慕起她来。

街上，各佛混居，从不争吵。是基督教也好，是清真寺也好，是开元寺也好，是文庙也好，是关帝庙也好，是摩尼教也好，在泉州人的心里，都是佛，都值得拜一拜的。我想，大开，才有大合，心胸宽广，天地才会宽广，也才能让每颗灵魂，都找到落脚的地方。

古老的开元寺是泉州的一张名片，外来的客人是不能不去看一看的。受连真所托，接待我的李以健老师，讲解得特别认真。开元寺的前世今生，每个雕像，每块石碑，都装在他心中，诸神的来龙去脉，他都道得一清二楚。

寺里古树参天，榕树、菩提树，又有桑树。一千多年的桑树，是佛。桑树上开莲花，这才有了开元寺的前身——莲花道场。有人追问，桑树上果真的开出莲花吗？李老师笑答，信则有，不信则无，佛在心中。

桑树曾遭雷劈，曾被风摧，一根树枝刮落，竟落地生根，长出另一棵桑树来。又从树上旁生出一棵桑树来。一树生三树，葳蕤成一片。李老师说，每回一遇大风，他就担心这树，跑来看，看它好好地在着，方心安。

双塔是中国现存最高的一对石塔，分别矗立在开元寺的东西两侧。塔共五层，上面雕塑着无数的人物故事。每一个图案，都是一场修行。我在听李老师讲那些传说故事的时候，老是走神，耳边似乎响着当年那些工匠挥动凿子的声音，当当，当当当，一锤一凿，都是梵音都是钟声。跋山涉水的僧人，最终到达心中的光明。我想，信仰，才是天地间唯一的神明。信仰不丢，人的精神才不会丢。

亦去了草庵，世上唯一仅存的摩尼教寺庙，建在华表山的南麓。一进庵内，就看到依山石刻的一圆形浅龛，龛内供一尊摩尼光佛，脸庞饱满，肌肤圆润，慈眉善目。看久了，仿佛他搁置在腿上相叠的双手，会伸出来，招引你坐他跟前去，道一声，喝口茶吧。

一瘦小的僧人，坐在东厢房的门口，在一圈暗里头。那儿，曾是弘一法师住过的地方，他先后在此住过三个月，最后在泉州圆寂。庵内的柱子上，有一副他手书的对联：

草积不除，时觉眼前生意满；

庵门常掩，毋忘世上苦人多。

世间浮华，前赴后继。难怪在他圆寂前，给世人留下四个谜一样的字：悲欣交集。后来人有千万种解读。在我看来，世间事本是有悲有欣，相互渗透，就看你能不能参透，能不能放下。

山有趣，去登山吧。落叶不扫，兀自在山路上铺积。沿石阶上去，不时有花扑过来，我一一去辨认，这是鬼针草。这是马缨丹。这是龙船花。这是假还阳参。还看到三角梅，它居然跑到这座山上来了。

我觉得泉州人真奢侈，可以把花像养小猫小狗似的养着，让它们四处溜达。你在泉州的大地上走着，一不留神，就被一枝花碰了头。哎，又是红妆妖娆的三角梅。或者，就是着紫妆的马缨丹。九里香在一个古老的院落里香着，引得人去寻香。我在一条竹径上走着，两旁的桂花香得撩人，我摘些装口袋里。后来我掏纸巾擦鼻子，鼻子很快乐地打了个喷嚏，——被袋子里的桂花香熏的！我突然地，很爱泉州。

有鸟声不知响在哪棵树后面。僧人寒山有诗云："鸟语情不堪，其时卧草庵。"太阳好好地照着，鸟声好好地响着，花朵好好地开着，我真想就此找一处草丛卧下，什么也不想，就这么看看天，看看地，也是好的。

山顶上铺满鬼针花，山崖边，立着一簇簇茅花，作鹤欲飞。我站在山顶，看山下的泉州，一丛茅花，跟着我一起看。那里，烟火人间，热气腾腾，生生不息。

离开泉州的前一晚，我在春耕套房里写下这样的留言：

我在这里，望过月，望过云，听过雨打竹叶，抚过木门上从前的气息，那落在上面的烟火，烫疼了我的手指。我知道，我会怀念。

我现在，已经开始怀念了。